古典文獻研究輯刊

四 編
曾 永 義 主編

第12冊

晚清小說中所反映的中國商業界

林 慧 君 著

國家圖書館出版品預行編目資料

晚清小說中所反映的中國商業界／林慧君 著 -- 初版 -- 新北
市：花木蘭文化出版社，2012〔民101〕
目 2+158 面；19×26 公分
（古典文學研究輯刊 四編：第 12 冊）
ISBN：978-986-254-761-8（精裝）
1. 晚清小說 2. 文學評論
820.8   101001738

ISBN-978-986-254-761-8

9 789862 547618

古典文學研究輯刊
四 編 第十二冊   ISBN：978-986-254-761-8

晚清小說中所反映的中國商業界

作　　者　林慧君
主　　編　曾永義
總 編 輯　杜潔祥
出　　版　花木蘭文化出版社
發 行 所　花木蘭文化出版社
發 行 人　高小娟
聯絡地址　新北市永和區中正路五九五號七樓
　　　　　電話：02-2923-1455 ／傳眞：02-2923-1452
網　　址　http://www.huamulan.tw 信箱 sut81518@ms59.hinet.net
印　　刷　普羅文化出版廣告事業
初　　版　2012 年 3 月
定　　價　四編 32 冊（精裝）新台幣 52,000 元

晚清小說中所反映的中國商業界

林慧君　著

作者簡介

林慧君，淡江大學中國文學學系博士，現任長庚科技大學通識教育中心副教授。著作有：博士論文《日據時期在台日人小說重要主題研究》（2009）、碩士論文《晚清小說中所反映的中國商業界》（1989），曾獲國立臺灣文學館「台灣文學研究論文獎助」。另有單篇論文〈論《文明小史》的語言特色〉、〈殖民帝國女性之眼──論坂口れい子小說中的台灣女性形象〉、〈新垣宏──小說中的台灣人形象〉、〈「南方文化」的理念與實踐──《文藝臺灣》作品研究〉等。

提　　要

　　晚清小說可說是密切結合社會狀況的文學作品，並且傳達了歷史所不能傳述的細節。西方經濟入侵後，中國的商業界首當其衝，商業的種種問題成了關係中國本身命脈的商務問題，並衍為富國強民的商務思想。本論文以「商界」的主題，針對時代背景中帝國主義侵略下的晚清經濟趨勢加以梳理，從「商界風氣」、「西力衝擊下的商界」、「商人類型、組織及活動」等層面，考察晚清的中國商業界如何持續、如何應變，是成功、抑是失敗；觀看晚清小說作者如何憑藉經驗及想像，塑造、詮釋他們所面對的歷史現象，又「商務」的觀念與實踐曾如何在晚清小說作品中，留下另一層力量運作的痕跡。晚清小說中這類商業及商人的題材，在小說史上可以說是「空前」的，反映了自五口通商以來中國商界所面臨的狀態，直截表現出時代脈搏的律動，其所呈現的時代意義，為剖析我國近代轉變所必須面對的基本問題之一。

緒　論

　　近百年來，中國面臨著由小農經濟社會邁向現代工商業社會的轉變，然促進此一轉變的決定力量，並非傳統社會內部的資本主義萌芽勢力，〔註1〕而是外來的西方資本主義勢力。經濟活動是促使西方強行打開閉關自守的中國傳統社會的動力，也是迫使中國進入世界體系的主因。〔註2〕

　　隨著經濟接觸而來的，是軍事、政治、社會、文化各方面的衝擊，形成一千古未有之變局，當時的知識分子透過不同的層面，紛紛付出對時局的關注，並經由各種行動以達救亡圖存的意志，晚清小說便是大量產生於此一內憂外患的世局下。小說作者在承受史實刺激後，從各次重大的歷史事件、各種社會生活、各種愚昧落後現象、各個階層人物中，尋求文學的題材，以黑暗面的揭露、抨擊或新思想的宣傳、教育的手法，表現出此一時期的中國現狀以及尋求應變之道的迫切心理。

　　西方經濟入侵後，中國的商業界可以說是首當其衝，影響所及，並造成中國農業與手工業的破產。關於商業的種種問題成了關係中國本身命脈的商務問題，並衍爲富國強民的商務思想。在這種求強求富的時代呼聲中，無可避免地會反映在晚清的一些小說中。文學史對以商爲主體的小說一向很少論

〔註1〕「中國資本主義萌芽」是中國大陸史學界討論最久的歷史問題之一。前後共
　　　　出版了三部討論專集，包括1957年出版的《中國資本主義萌芽問題討論集》；
　　　　1960年出版的《中國資本主義萌芽問題討論續編》；1981年出版的《明清資
　　　　本主義萌芽研究論文集》，以及個人專著等，其間涉及的問題很多，筆者在此
　　　　無意介入「萌芽」的論題。

〔註2〕此觀點引自 Frances V. Moulder "Japan, China, and the modern world economy"
　　　　的世界體系理論。

及，阿英於《晚清小說史》中指出：

> 大概是由於知識分子和商人不大接近，而「商」又被派作四民之末，
> 歷來寫商人的小說是很少見的。〔註3〕

因此，以商業及商人作爲小說的題材，不但表現出強烈的時代導向，更有其在小說史上的特殊意旨。

晚清小說中關於商業界的反映，除阿英的《晚清小說史》中的「工商業戰爭與反買辦階級」一章作過部分的論述，認爲此類小說在晚清文學裡僅聊備一格，無甚值得稱道之處。〔註4〕此外，賴芳伶先生在《幼獅學誌》第十九卷第二期發表〈論晚清商界小說的實質意義與價值〉一文，對幾部「商界小說」作一平實的介紹，並給予重新評價。〔註5〕本論文的研究對象即循此一方向，對幾部在內容上及文學上具有代表性的創作作品加以搜羅，並旁及其他涉及商界描寫的作品。因以晚清小說爲取材範圍，故所取作品的創作時間約在 1901 年至 1911 年之間，即晚清小說最蓬勃的時期。取材標準則非僅限於狹義的商務活動，凡涉及商界的種種描寫，包括商人及與商業相關的現象等，皆列入研究範圍。

文學史上從未有一個時期的文學有如晚清的小說，那樣迫切地渴望和時代結合在一起。〔註6〕晚清小說的作者，可以說有著很強的社會態度及傾向，除了幾部稱得上是「商界小說」的作品，相信並非所有晚清小說作家皆有意去描寫商業、商人，它們或同被視爲一般的社會現象及社會階層的一部分，〔註7〕或是軼文的一種類型，以此一層面的類型，拼嵌出小說中主要人物情節的社會環境的風貌。〔註8〕因此，當我們在審視這些作品時，作者的寫作動機是當列入考慮的。

文學最可貴之處，即在於能透露出一個時代的歷史所不能傳述的細節。文學資料以外的歷史資料，有助於我們瞭解此類作品產生的原因及作品中各

〔註3〕 阿英《晚清小說史》，頁 64。

〔註4〕 同前註，第六章，頁 64～74。

〔註5〕 賴芳伶〈論晚清商界小說的實質意義與價值〉（幼獅學誌，第 19 卷第 2 期，民國 75 年 10 月），頁 148～172。

〔註6〕 康來新《晚清小說理論研究》，頁 3。

〔註7〕 以反買辦階級的代表作《發財祕訣》而言，吳趼人刊載於《月月小說》時，稱之爲「社會小說」。

〔註8〕 此觀點啓念於 Milena Dolezelova-Velingerova 作，謝碧霞譯〈晚清小說中的情節結構類型〉，收入林明德編《晚清小說研究》，頁 525。

種現象的寫照原由。然而並非以史實來測量作品的寫實與否，文學與客觀對象並非對稱式的、一對一的關係，小說與社會的關係亦非被動地、機械地，只是消極地錄下外界正在發生的事。「文學，事實上不是社會過程的一種反映，而是它的精髓，是整個歷史的縮影和摘要。」〔註9〕藉著歷史資料，使我們在分析作品內容時發現，有些現象並不完全是客觀的事實和行為類型而是複雜的態度，〔註10〕此外，作者的文學手法也是非常重要的。因此，透過這樣的論題，我們可以總結出晚清小說作者對晚清商業界及商人的態度，卻不一定能歸納出作者的內涵經濟。至於從小說中尋找有關商業的史料，則是文學研究以外的範圍。

　　本論文以下分為五章：

　　第一章　「晚清的經濟趨勢與小說發展」。第一節，「帝國主義侵略下的經濟趨勢」，概述小說中商業界現象所根植的時代背景；第二節，「危機聲中的小說發展」，從「文學思潮的演變」及「新聞事業的蓬勃」兩方面，探討晚清小說繁榮發展的主、客觀因素。

　　第二章　「反映在晚清小說中的商界風氣」，著重小說中商場人物的行逕的探討，及人物行徑所構成的一套商業界「次序」，「商場的訛詐」與「官商的勾結」，為文人作家向所批評的商界弊病，「應酬的習氣」則與前二者息息相關，亦為商業畸型繁榮的併發症。

　　第三章　「晚清小說中所反映西力衝擊下的商界」，以西方經濟力量入侵後，因而產生的前所未見的商界現象為主，其內容以小說人物非行動的語言為多，亦表現出作者較濃厚的批判性及思想性，包括「崇洋懼外的心態」、「買辦階級的成長」及「商務思想的表現」。

　　第四章　「晚清小說中的商人類型及其商業組織與活動」，就小說中所描寫的「傳統商人」、「紳商」、「買辦商人」等商人類型，探討其對商業內容的描寫。

　　第五章　「結論」，根據以上的分析討論，對於晚清小說中所反映的商界現象，就其文學價值與歷史意義作一總評。

〔註9〕韋勒克、華倫著，王夢鷗、許國衡譯《文學論——文學研究方法論》，頁151。
〔註10〕同前註，頁166。

第一章　晚清的經濟趨勢與小說發展

　　晚清，由於社會發展本身已處於一矛盾衰敗的階段，鴉片戰爭以後，一連串的外患，更加深了中國社會的腐化。因此，中國近代史可以說幾乎是在砲聲艦影下進行的，清廷所面臨的正是一千古未有之大變局。

　　列強對中國的武力侵略，主要目的在於攫取更多的經濟利權。清廷既無力阻擋相湧而來的侵略，帝國主義列強便藉著不平等條約的保護，結合工業與商業的力量，在中國大肆掠奪，不僅造成傳統中國農業、手工業的破產，政治、社會、經濟、文化各方面均產生根本的動搖。

　　在這種新舊衝擊交替的世局下，給予文學發展極豐沃的溫床。在知識分子普遍的自覺裡，小說便成為救國救民的政治工具。面對西力的衝擊，中國人的回應與挑戰，皆形成晚清小說創作的素材及發展的誘因。在列強以經濟利益為目的的侵略下，中國的經濟更是直接面臨危機與考驗，因此，商界的種種現象及商務的思想也成為小說取材的對象。由於晚清小說發展的時代導向，使我們在研究之前，不得不先對這樣一個在內外煎逼、新舊交替的時局下所形成的經濟趨勢做一回顧。

第一節　帝國主義侵略下的經濟趨勢

一、資本主義的經濟侵略

（一）殖民帝國的發展

　　帝國主義起因於勢力的不平衡，現代帝國主義便是起因於資本主義發展之

不平衡，其本質可定義爲一種有組織的殖民主義或政策。〔註1〕而帝國主義的政治行動便是根基於經濟要素的表現，當生產關係發展到一定程度，由於市場獲得、投資地獨佔的生存需要，政治便以必然之勢傾向於侵略性的行動。〔註2〕

歐洲自工業革命以後，一切政治、經濟權利落入資本家之手，國家亦由資本家精神組織而成，二者互賴依存，商人遂以國家的武力干涉爲後盾，爲國內膨脹的資本尋求銷納的投資地與市場，以及國內製造所需之原料品、勞動者所需之食品的供應地，而資本主義便趨向於帝國化。〔註3〕十八世紀的歐洲幾乎支配於英國，英國在十六世紀末葉擊敗西班牙的無敵艦隊；十七世紀下半葉擊敗荷蘭而從其轉奪世界上的殖民地位和貿易利益；十八世紀後半期經過四次歐戰終於擊敗法國，取得世界市場的霸權而形成大英殖民帝國，此時也正是英國產業革命的開始。〔註4〕

由於來自殖民地的資本累積，加上各地商品的大量需要，促使生產技術的改進，而形成工業與經濟的持續成長。經過產業革命後的英國，儼然成爲「世界的工廠」，向世界各地進攻，對於殖民地，也從重商主義的掠奪（資本累積）轉變爲原料的索求和工業製品的傾銷。而在殖民政策上即產生了新的自由貿易主義。〔註5〕

十八世紀的中國，基督教被禁，〔註6〕對外貿易僅限於廣州，此時的中西關係無異於中英關係，中英關係又幾等於東印度公司與中國的商務關係。〔註7〕

當時中國的進出口貿易是由廣東十三行獨佔，〔註8〕外商來華的營業和其

〔註1〕 胡秋原《中西歷史之理解》，頁162。

〔註2〕 漆樹芬《經濟侵略下之中國》，頁2；43。

〔註3〕 漆樹芬前引書，頁47；105；363～364。

〔註4〕 參閱許介鱗《英國史綱》，頁125～143。

〔註5〕 許介鱗前引書，頁145～152。

〔註6〕 雍正元年，將各省洋人除送京效力人員外，餘皆安置澳門，天主堂改爲公廨，嚴禁入教。見《國朝柔遠記》（王之春輯），卷三，頁15。

〔註7〕 此語引自郭廷以《近代中國的變局》，頁14。滿清入關即採閉關政策，至康熙二十二年（西元1683年）復開海禁，因而設立了四権關：粵海、閩海、浙海、江海四關，後多集中於廣州，至乾隆二十四年（西元1759年）貿易僅限於粵海關的廣州。見《國朝柔遠記》卷二，頁23；卷五，頁16。英國東印度公司設立於1600年，對華獨佔貿易約始於十七世紀中，1715年在廣州設有商館（factory），詳見 H. B. Morse, "The Chronicles of the East India Company Trading to China 1635～1834" ,卷一，頁6、7；12～15；及"The International Relations of The Chinese Empire"，卷一，頁53。

〔註8〕 廣東公行制度成立於康熙五十九年（西元1720年），爲廣東十三行之共同組

他事務皆要透過公行商，〔註9〕並遵守許多章程上的規定，〔註10〕公行制正是因應當時環境所產生，雖然對外商施以限制，但仍可發揮中間商的功能。唯官吏的需索及公行的「行用」日增，〔註11〕加上稅捐繁苛，〔註12〕外商難以忍受，雖曾經由政府派使節來華尋求改善通商事宜，〔註13〕然皆為清廷所拒。

公行貿易時期中國的出口貨主要是茶與絲，此亦是由英國東印度公司從中國輸出最多且獲利最多者，而做為茶絲交換品的進口貨主要是毛織品，在中國的市場拓銷非常困難，於是在十八世紀後半，中國的外貿形成出超，大量白銀流入中國。到了十八世紀末，東印度公司終於找到了中國將會大量消

織，為中外商人經營進出口貿易者之介紹人，並為劃定市價。乾隆二十五年（西元 1760 年）公行取得對外貿易之專利權，其職責更為擴大，為外商與政府交涉之樞紐。詳見 H. B. Morse, "The Chronicles"，前引書，卷一，頁 163；卷二，頁 13；粵海關志（梁廷枏等纂），卷二五，頁 1；10～11；參閱梁嘉彬《廣東十三行考》，頁 47～55；頁 62～64；頁 105。

〔註 9〕　公行之職務如下：

一、凡外商在廣州貿易必選一行商為「保商」。買賣貨物皆由行商接洽，不得自行直接交易，其市價由行商規定。

二、行商代外商支付政府課稅，並擔負對於外人債務之責任。

三、擔任官吏與外商之媒介，並擔負監視外商遵守通商規定及保養外商生命財產安全之責任。參閱梁嘉彬前引書，頁 106～107。

〔註 10〕　乾隆二十四年（西元 1759 年）頒佈「防夷五事」：一曰禁夷商在省住冬；二曰夷人到粵令寓居洋行管束；三曰禁借外夷貲本並雇倩漢人役使；四曰禁外夷僱人傳信息；五曰夷船收泊黃埔撥營員彈壓。嘉慶十四年（西元 1809 年）頒佈「民夷交易章程」，道光十一年（西元 1831 年）頒佈「防範外夷章程」和十五年頒佈「防範貿易洋心酌增章程八條」，對外商在華行動有所限制，見《國朝柔遠記》卷五，頁 17；《清代外交史料》嘉慶朝，卷三，頁 9，16～18；卷四，頁 40，41；《東華續錄》道光朝，卷八，頁 13。

〔註 11〕　公行在訂定商品價格時，係將利益與開銷各項通盤計算，從中賺取「行用」（亦作「行佣」）。由於清廷之軍需及官吏之非分要求，使得「行用」日增，例如棉花每石行用原為二錢四分，至嘉慶十五年（西元 1810 年）增為每石二兩。見《國朝柔遠記》卷七，頁 5。

〔註 12〕　鴉片戰爭前粵海關的核稅方法有正稅、比例、估值三式，其稅則與章程雜亂，三式間又互有矛盾。此外各種名目的規禮，及大小官吏的打點所需皆為外商所不滿。詳見《粵海關志》卷八，稅則一，頁 2；卷九，稅則二，頁 1～36；參閱趙淑敏《中國海關史》頁 60～61。

〔註 13〕　英國政府應東印度公司請求，先後派遣兩次大使來華向中央政府交涉，一次為乾隆五十八年（西元 1793 年）大使馬戛爾尼（Macartney）至北京，要求四事，怕為清廷所拒；一次為嘉慶二十一年（西元 1816 年）大使阿美士德（Amherst）入覲，卻因拒行跪叩禮節而告失敗，見《國朝柔遠記》卷六，頁 3～6；卷七，頁 11。

費如英國之大量需要茶葉的東西——鴉片，於是英國即以本國的棉布輸出到印度，將印度的鴉片輸出到中國，從中國運走茶、絲，完成了三角貿易的體系，使得中國對英國的貿易轉變為入超，中國白銀開始大量外流。〔註 14〕

此外，為了開拓棉業資本的海外市場，自由貿易的呼聲高漲，英國政府於一八三四年廢止了東印度公司對中國的貿易獨佔權，於是英國商人紛紛至廣州設立商行，自由競爭。

面對英國商人自由貿易的新局面，中國並無絲毫改變之意，仍堅持廣東公行獨佔貿易，而鴉片的走私輸入卻急遽增加。〔註 15〕

十九世紀中葉，英國對華政策主要是由巴麥尊（Palmerston）主持，其外交的根本目地在於發展中產階級所關心的自由主義，即為英國資本主義擴張世界市場，確保原料資源及投資市場。中國問題並非巴麥尊主要關心的對象，但他仍採取一貫的「弱肉強食」的外交原理。當經濟落後的國家無法自動開放市場以滿足其希望時，用武力或任何不合法手段強行打開其市場，對信仰自由貿易的資本家而言是理所當然的。〔註 16〕面對英國產業的發展，及中國政府對西方貿易的障礙，英國不可避免的訴諸武力而發動鴉片戰爭。〔註 17〕

（二）利權的奪取

道光二十二年（西元 1842 年）因鴉片戰爭訂立南京條約，開上海等五口通商，英國掌握了中國的關稅，獲得了領事裁判權和內河航行權，正是適合當時資本主義發展列強的要求，也迫使中國進入世界的體系，並奠定了侵略

〔註 14〕 根據黃爵滋道光十八年奏議，「自道光三年至十一年歲漏銀一千七百萬兩，自十一年至十四年，歲漏銀二千餘萬兩，自十四年至今，漸漏至三千萬兩之多。」見《黃爵滋奏疏》，卷八「嚴塞漏卮以培國本疏」頁 70。

〔註 15〕 鴉片輸入之數量與金額論者多有不同，概因每箱（或每擔）重量及價格不同，故精確數字不易得。一項統計數字亦可看出鴉片進口增加之迅速，1800～1820年，每年輸入約四千五百箱；1820～1830 年，每年輸入超過一萬箱；1830 年代係東印度公司獨佔貿易特權被廢，自由貿易的結果使鴉片輸入量達每年四萬箱。參閱《劍橋中國史晚清篇》第十冊，頁 203～204；Hsu C. Y. "The Rise of Modern China" 頁 215；216。

〔註 16〕 參閱許介鱗前引書，頁 177；《劍橋中國史晚清篇》第十冊，頁 259。

〔註 17〕 道光十九年（西元 1839 年）欽差大臣林則徐至廣州查辦煙禁，下令煙販繳交鴉片，於虎門海灘銷毀所繳煙土。道光帝並下令停止中英貿易，二者促使英國出兵中國發動鴉片戰爭，於道光二十二年（西元 1842 年）簽訂中英南京條約，詳見《籌辦夷務始末》道光朝，（清文慶等纂）；清李圭《鴉片事略》對鴉片毒害中國的經過及清廷對鴉片政策的轉變有所詳述。

制度在中國的基礎。之後，訂立條約便成了中國解決糾紛的傳統方法，這一連串列強強迫中國人民承認的不平等條約，亦即列強侵略中國的「法理根據」。〔註18〕

自五口通商起至一九一一年，中國所開商埠共達八十六處，〔註19〕加上各國租界的設立，〔註20〕使帝國主義在中國的領土上享有政治特權，在商埠、租界內，我國的統治權受條約限制，行政權、司法權實受侵犯。〔註21〕種種的政治特權無異爲經濟特權之保護。

列強在我國之經濟侵略最害者爲關稅協定，我國連連失去國定稅率權、〔註22〕條約修改權，〔註23〕而僅餘可限制帝國主義商品流通的釐金制度亦失效，〔註24〕「利益均沾」的結果，〔註25〕所有帝國主義的國家皆享有一切特

〔註18〕晚清列強與我訂立的條約重要者有：

　　　1842 年　中英南京條約
　　　1844 年　中美望廈條約、中法黃埔條約
　　　1858 年　中英法天津條約、中俄愛琿條約
　　　1860 年　中英法北京條約、中俄北京條約
　　　1876 年　中英煙臺條約
　　　1885 年　中法天津和約
　　　1895 年　中日馬關條約
　　　1901 年　辛丑和約

〔註19〕據漆樹芬前引書，頁 109～117 估計。

〔註20〕各國在我國租界又分爲專設租界與萬國公共租界，自 1843 年至 1904 年約有二十三處，同前註，頁 118～121。

〔註21〕我國的統治權在一般商埠，對不平等國有關係者能及範圍有限，關於教育行政權、交通行政權不受我國干涉；關於衛生行政權、警察行政權我國不能直接行使；關於財務行政之徵收權亦屈不得伸；關於司法權則有領事裁判權。至於專設租界與公共租界，無異於國中之國，亦爲我國內亂之策源地，詳見漆樹芬前引書，頁 125～138；142～154；172～180。費孝通《鄉土重建》，頁 154。

〔註22〕道光二十三年（西元 1843 年）中英「通商章程」，規定進出口貨按所估價每百兩抽稅五兩，詳見《清初及中期對外交涉條約輯》（許同莘等編纂），道光條約，英約「中英五口通商章程」頁 59～66。

〔註23〕咸豐八年（西元 1858 年）中英天津條約第二十七款，規定修改稅率以十年爲期，到期如未修改不得增稅。見前引書，咸豐條約，英約「天津條約」頁 196。

〔註24〕「釐金」爲一地方通過稅，設於太平軍興後，同一貨物每過一卡則抽收一次，爲各省收入之大部，詳見羅玉東《中國釐金史》頁 9～24。中英天津條約第二十八款，規定外貨如欲遍運於內地時，只繳百分之二點五的子口稅，即可免受釐卡的限制。同前註頁 196、197。

權。最後，中國的關稅管理權亦操在外人手上。〔註26〕

甲午戰爭後，列強在中國取得了設廠、採礦、建築鐵路的權利，激烈競爭的結果，造成「勢力範圍」的劃定，於是長城以北屬俄，長江流域屬英，山東屬德，雲南兩廣屬法，一部分屬英，福建屬日，英美兩國懼列強在華發生衝突，影響商業利益，於光緒二十五年（西元1899年）倡導「門戶開放」政策，一方面要求列強保持中國領土與行政的完整，另一方面要求各國開放在華租借地及勢力範圍內的通商投資權。八國聯軍之役後，列強在中國獲得更多的利權，並使京畿的國防盡撤，喪失了國家的主權。

通商條約的各種條項，諸如關稅協定條款、內河航行權之許與條款、通商口岸之工業製造權之許與條款等，皆爲當時官吏缺乏經濟常識之表現，以「最惠國待遇」而言，其重要含義中國官吏並不瞭解，只視爲中國對藩屬一視同仁、無差別待遇的傳統態度的持續，殊不知此最惠國條款只是片面的給予外人最惠國待遇，洋人憑此加重對華的經濟侵略。而與我締約之外國官吏，實唯其國資本家階級之利益是圖，務使我國條約給予其資本階級以最大之利益。總之，這些條約的簽訂對中國的經濟發展，所蒙受的禍害實遠甚於獲利。

（三）對我國經濟的影響

鴉片戰爭前的中國，經歷了明代社會發展所遺留下來的社會矛盾：官民的對立、城鄉的差距、官商的衝突，以及人口、土地、稅收等問題的日益嚴重，南方和北方也形成經濟繁榮與封建保守的對峙局面，加上封建結構未能適時改變，中國社會正處於衰敗的階段。〔註27〕

自乾嘉以後，人口銳增，而田畝卻因天災沖塌、拋荒而減少，人口與土地的比例失調，民生愈發困難。地主與佃農的土地關係亦漸趨惡化，雍正、乾隆兩朝以來的土地兼併是社會動亂的要因，土地集中、地價昂貴，加上貨

〔註25〕道光二十三年（西元1843年）中英五口通商善後條款提出「最惠國待遇」的權利，約中謂「設將來大皇帝有新恩施及各國，亦應准英人一體均沾，用示平允。」其後中美、中法條約中亦有此規定，嗣後，各國締約均援引此一先例，此權利對中國影響重大。詳見註22所引書，頁69。

〔註26〕關稅管理權的喪失首失於上海關，咸豐三年（西元1853年9月7日）上海城內發生亂事，海關道潛逃，遂有領事代徵制度之組織。天津條約附通商章程第十款，則已承認外人關稅管理權，並由上海擴張到各通商口岸。詳見前引書，頁204。

〔註27〕參閱尉天驄《虛無主義：晚清社會的困局》，淡江大學主辦第二屆「中國社會與文化學術研討會」論文，民國77年12月3日。

幣地租的出現，及日益成長的賦稅，必然增加佃農的負擔。城居地主的增加，他們透過租棧制度將農村的資金吸收到城市，以滿足其不事生產的消費經濟，同時加大農產品向城市的單向流轉，擴大了城鄉間的不等價交換，自是不利於農業生產。〔註28〕

鴉片戰爭後，繼而有英法聯軍、中法戰爭、中日戰爭等，連年的外戰及內患（如捻匪、教匪、太平軍）造成經濟的萎縮，而在一連串不平等條約的掩護下，列強在我國的經濟侵略更使國民經濟日趨貧困。外國資本主義對中國的社會經濟起了很大的分解作用，一方面破壞了中國自給自足的自然經濟的基礎，關稅協定權加上鐵路利權使帝國主義商品得以深入內地，造成中國農村和手工業的破產；另一方面又促成中國城鄉商品經濟的發展，經濟作物的大量種植，農產物的商品化，增加了中國資本主義因素的成長。唯帝國主義和封建勢力皆不利於中國資本主義的發展，此時列強在中國的經濟侵略已不只是商品輸入，且日益加強資本輸入，其主要投資是進出口業和與商品傾銷相關的運輸、銀行、保險等事業，為半殖民地形態的投資；〔註29〕封建的剝削制度仍舊持續著，不但是地主對農民的剝削，並同買辦資本和高利貸資本的剝削結合在一起。因此，沒落的封建經濟體系既未徹底摧毀，而新興的資本主義經濟體系又未能完全建立，造成了從通商都市到窮鄉僻壤的商業高利貸剝削網，中國便成了一個半殖民半封建的社會。〔註30〕

沿海城市成為列強的投資中心，新興城市的畸型膨脹更擴大了城鄉間的矛盾與分化。中國的城市與歐洲的城市在性質上不同，它是在封建制度的控制下，成為封建統治體系中的一環，因而不可能發展成為歐洲中世紀型的獨立、自治城市。在歷代政府的抑商政策下，本身亦很難培育出獨立的中產階級及真正的資本主義。〔註31〕而通商口岸的新興城市其經濟基礎是殖民地性質的，可以說是西方都會的附庸，〔註32〕且對傳統社會產生分裂和衝突的影響。農村並未因都會的興起而繁榮，由於城市的消費式經濟，及伴隨而來的

〔註28〕參閱鄭學稼《中共興亡史》第一卷，頁 26～30；《中國資本主義發展史》卷一（吳承明、許滌新主編），頁 299～302。

〔註29〕參閱吳承明《中國資本主義與國內市場》，頁 22、23；頁 42。

〔註30〕參閱陳則光〈中國近代文學的社會基礎及其特徵〉，收入《中國近化文學論文集概論卷》，頁 43～66。

〔註31〕詳見傅筑夫《中國經濟史論叢》，頁 17；頁 460～474。

〔註32〕引自費孝通《鄉土重建》，頁 32。

商業資本和高利貸資本的活躍，更加速了農村經濟的崩潰，帝國主義的經濟勢力力正像一隻看不見的手，壓迫而加深了此一情勢的惡化，失業的農民、工人形成廣大的游民階級，成爲中國經濟和社會的主要破壞力。

　　就整個中外經濟關係而言，資金外流是中國受害最深者，其主要原因爲貿易入超和賠款。〔註33〕我國自中英通商條約之際，關稅即失去其自主性，由於進口稅取稅過於輕微，對出口貨且復課稅，造成輸入超過輸出。就貿易質量的關係而言，我國出口貨物中消費品少，原料品外，以茶、絲爲大宗；進口貨物中生產上所需之原料品、機器少，消費奢侈品多，以棉織品、鴉片爲大宗，這種對國家生產力的消耗性進出口，即使是出超亦無益，何況是入超。〔註34〕

　　棉紗的輸入打擊原有的紡織業，手工業因之破產。鴉片進口量增加，造成白銀大量外流。〔註35〕只有一方面增加茶、絲的出口，以維持鴉片進口的貿易平衡；另一方面爲了「進口替代」而自行種植鴉片，以平衡清廷的財政盈虧。〔註36〕然吸食鴉片上癮者的日益增加，造成勞力與財力的損失，鴉片對中國產生的禍害實不可比擬。〔註37〕

〔註33〕自同治三年（西元1864年）到宣統三年（西元1911年），我國對外貿易可分爲兩個階段，第一階段自同治三年至光緒二十一年（西元1895年），爲貿易緩慢增長期，除同治十一年至光緒二年的五年間呈現貿易出超外，餘皆爲貿易入超狀態；第二階段係自光緒二十一年至宣統三年，貿易總金額上升約二·六倍，而貿易入超額亦隨之愈益龐大。參閱魯傳鼎《中國貿易史》，頁88～91。

〔註34〕見漆樹芬前引書，頁198～216。

〔註35〕1839年至1906年外國鴉片進口量一年平均爲六萬擔。一擔外國鴉片平均值四百兩，扣除關稅及賣鴉片外商在中國的一切開支，以一擔三百兩計算外商之淨收益，如上一年中國即有一千八百萬兩的漏巵，約佔全國稅收之百分之二十。參閱鄭觀應《盛世危言增訂新編》，卷三禁煙上頁17；林滿紅〈晚清的鴉片稅〉（思與言，第16卷，第5期，民國68年1月），頁34～35；魯傳鼎前引書，頁86～88。

〔註36〕詳見林滿紅〈清末本國鴉片之替代進口鴉片（西元1858年～1906年）──近代中國『進口替代』個案研究之一〉（中央研究院近代史研究所集刊，第9期，民國69年7月），頁385～415；及〈晚清的鴉片稅〉，頁11～35。

〔註37〕據林滿紅〈滿清的鴉片稅〉一文（頁34）的推估：1906年中國鴉片吸食人口約爲二千萬人，約佔總人口的百分之四·五六。1897年曾有來自中國各地的一百多位教會醫生對於各業人士吸食鴉片人口的比例提出其看法，吸食鴉片人口遍佈各個階層，而各個階層中吸煙人口所佔比例不小，其中又以官吏吸食鴉片的比例最高，詳見王樹槐〈鴉片毒害──光緒二十三年問卷調查分析〉（中央研究院近代史研究所集刊，第9期，民國69年7月），頁183～200。

除了洋貨的進口，帝國主義還在中國開設銀行，吸收資金以供其投資者；發行鈔票，並借款與清廷，借款和賠款及其利息經由關稅、釐金、田賦等償付，〔註38〕成為其在中國行直接投資或間接投資的資本。實際上，外國銀行獨佔了外貿金融，亦控制了外匯市場，也是中國白銀出入的孔道，他們亦決定了金銀價的變動。〔註39〕

帝國主義在中國設廠的利權雖獲始於馬關條約，然在此之前各國口岸已存有小型工廠。馬關條約後，工廠投資迅速增長，逐漸形成壟斷性的大企業。外人在華投資對於中國政府或私人企業的刺激是其影響，唯其投資以商業性的資本佔主要地位，對中國工業化的破壞作用要遠大於它的積極影響。〔註40〕

二、政府與經濟發展

（一）觀念的演變

面對鴉片戰爭以來的西力衝擊，大多數的官紳、知識分子對中外的關係，仍沿續傳統朝貢制度的觀念，認為外交關係只是經濟的，即貿易的，而非政治的，故對外關係是採取以商制夷的傳統方式，認為可利用貿易來滿足外交關係的需要。〔註41〕這種思想模式直到一八六○年以後才有所動搖，知識分子才普遍意識到「變局」的來臨。〔註42〕

〔註38〕中國對外賠款的歷史，自鴉片戰爭始以至民國，大小賠款約百數十次，有因戰爭失敗而成立的，有因教案發生而成立的；有由中央政府償付的，有由地方政府償付的。其中以中央政府償付的賠款數目最龐大，在財政上的影響也至大。自甲午戰爭後，巨額的軍費賠款，及列強在我國的競爭益烈，其政治野心日益明顯，爭以款項貸予中國，政府因與各國成立巨額外債，使賠款的償付轉而成為外債的擔負。八國聯軍後的庚子賠款高達四億五千萬海關兩，本利合計更近十億兩，實為促成清季財政總崩潰的主因。不論是賠款或外債，大多由關稅攤還。詳見漆樹芬前引書，頁421～435；湯象龍〈民國以前的賠款是如何償付的〉、〈民國以前關稅擔保之外債〉（收入中國近代史論叢第二輯第三冊），頁71～114。

〔註39〕《劍橋中國史晚清篇》第十一冊，頁63。

〔註40〕吳承明前引書，頁22～44。

〔註41〕當時的外交政策重要的有「以商制夷」、「以民制夷」、「以夷制夷」三種，參閱王爾敏〈十九世紀中國士大夫對中國關係之理解及衍生之新觀念〉，收入氏著《中國近代思想史論》，頁10～12。

〔註42〕自1861年至1900年間，有許多知識分子談論當前變局之意義，參閱王爾敏前引文，頁14～15，及〈近代中國知識分子應變之自覺〉（同前書），頁384～406。

　　清初的商業雖發達，政府對商業仍持續傳統的抑商政策。〔註43〕嘉道以降，商業因吏治敗壞、內亂蜂起而受到摧殘，及至西方的經濟入侵，中國的商業幾被摧毀殆盡，財富與資源漸爲西方列強囊括，國計民生日見凋弊。中外關係雖起於通商，然朝野官紳未能及早體悟通商利害關鍵，延緩了帝國起衰振弱的時日，重農輕商、重農抑商的傳統觀念形成了對商業漠視、輕忽的態度。鴉片戰爭後，朝野對於西方以工商立國未嘗不有所瞭解，然只在泛泛討論而已。十九世紀中葉，若干知識分子力主「農本學説」，如馮桂芬、鄭觀應、陳熾、康有爲、張之洞、梁啓超、張謇等，論振興農業須兼採西法。〔註44〕一八六二年以後，知識分子注意到西方因重工商而富強，因而其言論中普遍存有重商思想與商戰觀念，提出「寓兵於商」、「工商立國」的主張，如馮桂芬、薛福成、王韜、鄭觀應、汪康年、何啓、康有爲等，爲知識分子對商業競爭的覺醒，亦即對列強衝擊的反應。〔註45〕此種對商務的觀念的轉變——由輕商到重商，〔註46〕其動機則始於圖強求富，富強觀念實爲此局勢中的思想主流，鄭觀應云：

> 能富然後能強，能強而後能富，可知非富不能圖強，非強不能保富。
>
> 富與強，實相維繫也。然富出於商，商出於士農工三者之力。所以
>
> 泰西各種，以商富國。〔註47〕

在承受列強的衝擊下，求富一念尤見急切，求富必先振興工商，以佐民富、藏富於民，才能強國富民，此爲當時議論之一致趨勢。

　　重商思想與商戰觀念自與西方工商齊一步驟，故凡有論及富強者無不與西方並提，質言之，此時期的富強言論實不外主張工商業的加緊西化而已，

〔註43〕中國的抑商、輕商政策爲一歷史上之重大經濟問題，傅筑夫《中國經濟史論叢》有詳細論説，見頁768～844；李陳順妍〈晚清的重商主義〉（中央研究院近代史研究所集刊第3期上，民國61年7月）對中國傳統重農輕商思想有一概略性的回顧，見207～211。

〔註44〕詳見趙豐田《晚清五十年經濟思想史》，頁19～41。

〔註45〕詳見王爾敏〈商戰觀念與重商思想〉，收入《中國近代思想史論》，頁238～265；頁333～357；及〈中國近代之工商致富論與商貿體制之西化〉，收入《國際漢學會議論文集，歷史考古組》，頁1223～1230。

〔註46〕抑商的觀念及「商」爲「四民之末」的評價，在明末已略有變化，趙南星、黃宗羲等並提出「工商皆本」的思想，然而重本抑末仍是社會思潮的主流，直到清代中葉以後仍可見到輕商的言論。詳見余英時《中國近世宗教倫理與商人精神》，頁104～121；《中國資本主義發展史》（吳承明、許滌新主編），頁126～127；林麗月〈東林運動與晚明經濟〉，收入《晚明思潮與社會變動》，頁579～583。

〔註47〕《盛世危言增訂新編》，卷三「商戰下」，頁44。

此亦即中國工商業不得不採行西方工商體制之勢，因此清季的自強運動可以說是富強觀念的實踐。〔註48〕

中國知識分子因為見及西方工商致富，並為因應西方工商衝擊之強大壓力，而引導出重商思考一途，實為時勢使然。因此中國的重商主義是由於受外力的壓迫及知識分子的覺悟而產生的，缺乏西方形成重商主義的民主政治與資產精神因素，其資產精神由於重商主義知識分子的大力提倡，產生於日後政府護商法律的制訂。〔註49〕然知識分子的覺悟除見其可貴的言論外，對實際政治並未有很大影響。反對者的阻力雄厚，尤以京師為大本營；沿海沿江口岸及省邑有不少開明人士，其餘內地亦是推行新政策的阻力所在。〔註50〕由於朝廷缺乏應變能力，直到經歷義和團排外運動失敗後，方才採行重商主義的經濟政策，然已未能發生良好的效果。

在輕商抑商的觀念下，傳統中的商人社會地位受到降抑，在政治上亦很難取得權利，棄商從士是其改變社會地位的方法，但對於提昇商人本身的社會地位並無多大改進。此外，捐納一途亦為商人入仕之捷徑，這種賣官鬻爵的制度可遠溯自秦代，但清代的制度最為完備，並成為財政上極被倚重的一項收入。〔註51〕清末的重商及商戰論者，對於商人的社會地位及角色功能也有提高之論，而其時商人本身性質已有所改變，傳統商人在捐得官銜後，可以成為高級官員的幕友及具有價值的官員，又可藉其新關係以擴展私人或半官方企業的利益；〔註52〕具有企業家效能的新興商人，如買辦階級的起興，由洋行的代理人到官辦或私人企業的經營投資者，對傳統的經濟結構有所改變。〔註53〕而官方興辦企業使得一些官員由監督者的角色轉為投資者的角

〔註48〕詳見王爾敏〈中國近代之自強與求富〉（中央研究近代史研究所集刊第九期，民國69年7月），頁1～23。

〔註49〕參閱李陳順妍〈晚清的重商主義〉，頁218～221。

〔註50〕同註48所引文，頁13；參閱孫廣德〈晚清傳統與西化的爭論〉，頁11～48；94～123。

〔註51〕詳見許大齡《清代捐納制度》，頁13～22，167～169；羅玉東前引書，頁3～8；楊聯陞〈傳統中國政府對城市商人的統制〉，收入《中國思想與制度論集》（段昌國等譯），頁382～385。

〔註52〕此一形態的商人最著名的例子為錢莊商人胡光墉，參閱《劍橋中國史晚清篇》第十一冊，頁467；及 Charles. J. Stanley "Late Ching Finance : Hu Kuang-yung as an Innovator（胡光墉與晚清財政），頁5～18，33～44。

〔註53〕參閱郝延平（Hao. Yen-ping）"The Comprador in Nineteenth Century China : Bridge between East and West" 頁5；頁48～54；120～153。

色，到一九○○年，官商角色交替的普遍，不但出現了新興的紳商階層，也使得一般人對於商人的社會地位給予重新評價。〔註54〕

　　然而，政府在提高商人的社會與政治地位，或制訂商業法、公司法及破產法等，卻未能及時因應，或制度措施時業已太遲。而傳統商人保守性及對興辦企業消極性的態度，寧願將資金投資於土地、高利貸等等，缺乏近代企業的知識與精神，也是造成近代企業不能發達的原因之一。〔註55〕

　　一八四○以降，中外通商的舊問題開始成為關係中國本身命脈的商務問題，由官方的漠視放任態度轉變為開明官紳、知識分子的憂慮之一。傳統「用商制夷」的外交政策已失去價值，代之以「寓兵於商」的新觀念，並形成重商的趨勢，推動中國的商業化。〔註56〕這種中西關係觀念的演變及其所衍生的新觀念，促使中國的秀異分子願意參與洋務及從事商務，如此，中國在不平等條約下的損失才有挽回的希望。

（二）商政與財政的措施

　　近世中外通商，中國節節敗潰，商貿競爭，商民始終居劣勢，與清政府的財經體制未能及時因應改變有極大關係。舊有的戶部、鹽政，除國家漕糧鹽運外，大都與商無關。一國的商務發展政府須有一定的主持機關，戶部的功能既不足以適應，當即設立新機構。關於設立商部的主張，一八八○年代鄭觀應即已提出，〔註57〕然並未受重視。直到光緒二十九年（西元 1903 年）朝廷才成立商部，其地位高於其他六部，僅次於外務部，為中國歷史上第一次成立專門機構，實行保護商人、獎勵商業的政策，亦為富強觀念之實踐。由於商部的成立，又於光緒二十九年頒訂了「商人通例」及「公司律」，光緒三十二年（西元 1906 年）頒行「破產律」及「公司註冊試辦章程」等，並鼓勵商人組織商會，〔註58〕於是保護商業終於走向合法化與合理化。然商部的成績並不如人所望，法令的作用也要待數年後才能產生。由於政府財政窘迫，因此商部花大部分的時間去籌集經費來源，而不是擬定新的工業計畫，主事者也關係著失敗。光緒三十二年商部改組易名為農工商部，將其原管轄的鐵

〔註54〕同註39所引書，頁 468。
〔註55〕同註49所引文，頁 214～215。
〔註56〕同註39所引書，頁 203。
〔註57〕參閱《盛世危言增訂新編》，卷四「銀行下」頁 25，卷五「商務三」頁 2～3；11～13。
〔註58〕詳見《大清新編法典》（伍廷芳等編纂），頁 1～40；103～126。

路、航運、電報及郵政合組為郵傳部，因而農工商部權力更為減少。〔註59〕

　　光緒三十三年（西元1907年）朝廷批准了農工商的奏議，頒佈勸商章程，將官銜爵位授予新企業投資者，官銜的高低視其投資的數目而定，其中包括一等子爵與一等男爵等貴族爵位，〔註60〕為史無前例，可以看出清政府重商獎勵投資的決心，而其中亦包含了吸引海外華人資本家集資回國投資的計畫。〔註61〕然而整個政策由於中國經濟的保守性與官僚式的經營，貪污與賄賂仍普遍存在於大多數官員，加上地方政府與中央及紳商間的對立，〔註62〕使得商家對清政府缺乏信心，對其商政措施反應冷漠，多採觀望態度，故其效果依然落空。

　　清政府為發展商業，在財政上亦有配合改革的措施，統一貨幣金融制度是清廷改革財政的第一個嘗試。清代幣制既有銀錠，又有銀元、銀角、銅元及制錢、紙幣，並有各種外國銀元、紙幣的流通，〔註63〕各種流通的貨幣又缺乏統一的兌換率，這種紊亂的幣制自然阻礙了商業的發展。二十世紀初，世界銀價暴跌，對以銀為本位的中國而言，極不利於進口貿易，而其間已有採用金本位及劃一幣制的言論。〔註64〕清廷於光緒二十九年（西元1903年）設立財政處，為達成此一目標，然終未實行金本位制，〔註65〕幣值的折價對通商造成莫大的損害。

　　混亂的貨幣來自混亂的貨幣發行權，票號、錢莊、本國銀行及外國銀行，無限制的發行紙幣，形成通貨膨脹，傷害人民。光緒三十年（西元1904年）清廷設立戶部銀行，發行紙幣以遏止此種氾濫的情形，結果卻徒增幣制的混亂。光緒三十四年清廷將戶部銀行改為大清銀行，計畫進一步統一幣制，惜未及實現。〔註66〕

〔註59〕同註39所引書，頁501～502。

〔註60〕詳見《清朝續文獻通考》（劉錦藻撰），冊四卷三九一，「實業十四」，頁1405～1406。

〔註61〕關於清廷延攬海外華人回國投資的政策，可參閱顏清湟撰，崔貴強譯〈海外華人與中國的經濟現代化，1875～1912〉（南洋學報卷30第2期，1975年），頁43～51。

〔註62〕同註39所引書，頁503～506。

〔註63〕詳見王孝通《中國商業史》，頁212～218。

〔註64〕詳見趙豐田前引書，頁246～267。

〔註65〕參閱全漢昇〈清季的貨幣問題及其對于工業化的影響〉，收入氏著《中國經濟史論叢》，頁738～741。

〔註66〕參閱魏建猷《中國近代貨幣史1814～1919》，頁158～167；179～181。

　　銀行為商貿經營的樞紐，中國近代對於銀行的認識及創興銀行的建議，於光緒中葉已展開廣泛的討論，〔註67〕至光緒二十二年（西元1896年）創設中國第一個近代銀行——中國通商銀行於上海，此後至宣統三年（西元1911年）間，口岸及各大城市相繼成立銀行達十六家，〔註68〕然而除了主要通商口岸外，貿易的結構與制度並無多大改變，一九一一年以前，中國的銀行制度仍局限於山西票號型式的匯兌銀行及地方的錢莊。清廷無法提昇近代銀行制度以支持工業投資，與清政府無法從其本身的預算投資經濟發展，其因素是相同的。〔註69〕

　　清廷在財政改組上的另一個嘗試是統一度量衡。清朝度量衡標準原係沿襲明朝遺制，由於管理鬆懈，各省各地皆有其習慣使用的度量衡，清廷在統一度量衡上未能貫徹始終，因之制度愈益紛亂，亦阻礙了商業的發展。光緒三十三年（西元1907年），清廷命農工商部會同考定度量衡畫一制度，詳擬推行章程。農工商部於是設局開辦，推行公制事務，但未及付諸實行，清廷便被推翻。

　　薄賦輕稅的稅收制度是清初統制者收攬人心的手段之一，到了十九世紀初，賄賂、貪污的風氣普遍滋長，雖然交給中央政府的基本稅收數額固定，但地方官吏及其幕僚操縱著附加稅的數額，並使之制度化，使得稅收制度形成一個剝削系統，嚴重影響國家的稅收，為清末中央政府對地方財政控制力的瓦解。〔註70〕而晚清財政上的重大弊端實為擾民病商的釐金制度，其徵收始於貨品運輸的起點，沿著運輸線，至終點皆加以徵收。其稅率各省不同，造成華商所納釐金必多於外商所納之子口稅，故其害亦僅及本國商人。又各省釐局藉徵收手續而中飽稅收或私索商民，更為釐金制度上的嚴重弊端。〔註71〕有識之士紛紛提倡裁釐之說，〔註72〕然終清之世，釐金並未廢除。在馬關條約後，清廷對於新創事業給予免稅或免抽釐的優待，確能增加土貨與洋貨的競爭力。〔註73〕

　　就經濟發展而言，晚清政府的意識型態、傳統財政制度及收入支出的型

〔註67〕同註45所引文一，頁313～318；及所引文二，頁1248～1251。

〔註68〕其間中國所成立之銀行可參見王孝通前引書，頁225～226；各國在華銀行可參見漆樹芬前引書，頁418～420。

〔註69〕同註39所引書，頁63；65。

〔註70〕《劍橋中國史晚清篇》第十冊，頁153～156。

〔註71〕詳見羅玉東前引書，頁55～64；125～137。

〔註72〕詳見趙豐田前引書，頁190～204。

〔註73〕參閱魯傳鼎前引書，頁101～102。

式，都無法提供相當的助力。雖然一般觀念已由重農輕商轉爲富國強兵，政府仍無法改變其一直扮演的被動角色，〔註74〕包括對商務的支持與保護，其最終的目的是爲了抵抗帝國主義的侵略，卻未能積極主動地改體制、開富源，發展商務。清末政府的重商措施並未能脫離政治體系，以形成一個完整的商務系統，終究與之同趨覆亡。

（三）新工業的發展

十九世紀的中國，因西方工商動力衝擊而衍生出「商戰」、「重商」的觀念。此觀念的對外反應主要是挽回利權的損失，抵制外力的侵奪。對內則引發自身的反省、檢討，即中國自身工商業的覺醒，爲催促中國發展工商業的原動力。〔註75〕因此，晚清的商業務發展並不純是商業，而是與政治、財政，尤其是軍事有關的活動，是工業建設亦同是商務的建設。〔註76〕

中國近代的工業發展是受到世界工業的影響，其時間可溯自道光二十二年（西元1842年）南京條約訂立後，但初期的工業化因關稅自主權喪失於列強，及後釐金的產生，正是舊手工業遭受破壞而新工業未能發展的局面。太平天國戰爭以後，朝野因感於西方「船堅砲利」的威脅與功效，遂有同治、光緒年間的「自強運動」產生。約自同治元年（西元1862年）起，其重點爲國防及軍用工業，故以官辦爲主，如江南製造局、金陵製造局、天津機器製造局、福州船政局，以及廣東、湖南、四川、山東等省的機器局或製造局的設立。〔註77〕這些官辦工業由於資金不足，機器設備簡陋，加上管理和組織的不善，以及技術人才的缺乏，故效率不良。〔註78〕

同治十一年（西元1872年）李鴻章上奏提出「官督商辦」的方法，〔註79〕並於同年在上海創立輪船招商局，爲中國官商聯絡的發端。工業重點也漸由軍

〔註74〕同註39所引書，頁64；71。
〔註75〕參閱王爾敏〈商戰觀念與重商思想〉，頁296～297。
〔註76〕參閱吳章銓〈洋務運動中的商務思想——以李鴻章爲中心的探討〉，收入《近代中國——知識分子與自強運動》，頁65～68。
〔註77〕詳見龔俊《中國新工業發展史大綱》，頁13～23。
〔註78〕關於此點，在甲午戰爭後更清楚的顯現，光緒二十一年順天府尹胡燏棻上「變法自強疏」云：「各廠之設者，類依洋人成事。……遂事事依樣葫蘆，一成不變。……今中國各局總辦提調人員，或且九九之數未諳，授以礦質而不能辨，叩以機括而不能名。但求不至偷工減料，已屬難得。器械利鈍，悉聽工匠指揮，茫無分曉。」引自《戊戌變法文獻彙編》卷二，頁281～282。
〔註79〕詳見《李文忠公奏稿》，卷十九，頁44～50。

用工業擴展至民用工業，或官辦或商辦，然而在財政困難、官辦工業的失敗、國民經濟窘困種種原因下，以官督商辦的經營形式為盛，如同光年間的輪船、電報、鐵路、開礦四大政，以及織呢廠、織布局、麵粉廠、水泥廠、製紙廠、火柴廠等。〔註80〕但官督商辦的企業仍無法與外輪、外貨競爭，加上官僚經營不善，以及頑固派的反對，〔註81〕經過甲午一戰後，泰半失敗。

光緒二十一年（西元1895年）訂立中日馬關條約，自此外人取得在華投資設廠的權利；光緒二十四年訂立中德膠澳租界條約，開啟外人在華投資礦業之門。〔註82〕於是大量外資流入我國，外人激進興辦企業，種類包括礦業、造船和機器業、水、電氣業、交通、紡織、食品製造等。〔註83〕並且幾乎控制了我國大企業，引起朝野的反省，極力提倡挽回利權及實業救國。政府亦頒布專利權，獎勵發明，訂定新工業條例等，提倡商品工業，於是民營工業成為風氣。各省的商人和市紳因反帝國主義而有民族主義的萌芽，使得民族工業有了初步的發展。

初期的民族工業以綿紡織為主，其次是麵粉業、繅絲業，及通商口岸的公用事業、火柴工業等，各省亦有礦冶業。〔註84〕光緒三十四年（西元1908年）漢陽鐵廠與大冶鐵廠、萍鄉煤礦合併為漢冶萍公司，並改為商辦，為我國鋼鐵業最有規模之組合。〔註85〕民營工業的資本額較前增加，逐漸代替以往官督商辦或官商合營的型態，成為工業經營形式的主流。

從工業部門的結構看，民族資本工業基本上是輕工業，以棉紡織業居首。其工業分布地區主要仍集中在長江流域及沿海大城市，其生產規模很小，資金不足，設備、技術和經營管理皆難與外國同業競爭。而外資仍可支配市場，尤以日商居首，主要投資地為東三省。

〔註80〕同註77所引書，頁25～45。
〔註81〕同治六年大學士倭仁上奏云：「立國之道，尚禮義不尚權謀，根本之圖，在人心不在技藝。」奕訢則認為倭仁們的反對影響很大，「不特學者從此裹足不前，尤恐中外實心任事不尚空言者，亦將為之灰心而氣沮。」引自「籌辦夷務始末」同治朝，卷四七，頁24；卷四八，頁3。
〔註82〕詳見《清末對外交涉條約輯》（許同莘等編）光緒條約日本約，頁305；德約頁401。
〔註83〕詳見汪敬虞編《中國近代工業史資料》第二輯，第一章「帝國主義在華工業投資的擴張」。
〔註84〕同前註所引書，第三章「民族工業的初步發展」。
〔註85〕參閱全漢昇《漢冶萍公司史略》，頁1～2；123～152。

　　民族工業的創辦人或主要投資人，除了商人、地主外，大半是官紳及買辦，亦可見工業發展與商業有密切的關係。〔註86〕買辦階級興起於帝國主義的經濟侵略中，其依賴帝國主義所累積的資本使其成爲一富有的社會階級，故中國工業化過程中，買辦資本的出現爲意料中之事。〔註87〕官吏和商人結合而成的商紳階層是重商思想發展的結果，官督商辦和官商合辦的措施，以及捐納制度的盛行，使得清末的官和商已很難劃分清楚。〔註88〕

　　我國工業由於帝國主義的壓迫，發展不易，關稅國定權及工業專業權的喪失，本身發展的條件已不利，加上工業發展地點爲外人均分租佔，原料的採取，外人亦佔有利條件，工業發展之外在條件已受種種條約限制。面臨這危機與不安的處境，企業投資者只有藉官方的關係與支持才能發展。政府在工業化中，由於財政資源不足，銀行制度又未能將存款轉爲工業投資，因此一些官吏和企業家基於共同利益相結合，企圖建立有限度而保護性的工業。官督商辦制度的目的本爲促進企業發展，然督辦的官吏對企業經營不但缺乏概念，對商家的態度亦未能出於保護，所要求的僅是中飽私利，視所督辦的企業爲增加私人入息的泉源。而承辦企業的商家也逐漸視興辦企業爲向官方套取資金、從中牟利的手段，因此，官督商辦制度反而產生企業發展的障礙。〔註89〕

　　官辦或官督商辦的企業皆未能將中國成功地工業化，而擁有資本的商人，其投資意願仍傾向於傳統高利貸、土地等的投資，傳統的性格使之未能將商業資本投資於工業生產。一些富商、買辦資本家則附股於外國公司，或與外商合辦，他們既受著帝國主義的保護，又逃避了清廷所加諸的種種負擔和不便。帝國主義的利權侵奪及清廷內政的貪污腐敗，使得中國在步入現代的過程中，遭受了無可挽回的損害。

　　不論是官辦、官督商辦或官商合辦，清廷皆無法力振中國的工業發展於

〔註86〕參閱吳承明前引書，頁163～165。

〔註87〕據郝延平前引書估計，自1842年至1895年間，全部買辦商人所累積的總收入約有五億三千多萬兩之多，對近代工業的發展，非常投資，詳見頁102～105；127～136。

〔註88〕《支那經濟全書》第一輯頁175云：「中國之號爲大資本家者，則大商人、大地主，尚不如官吏之多。……三次之者爲紳商，此中固亦有相當之官階，或至爲官爲商，竟不能顯爲區別，常表面供職於官府，而裡面則經營商務也。」譯文轉引自鄭學稼《中共興亡史》第一卷，頁331。

〔註89〕同註49所引文，頁214。

帝國主義的壓迫下，民營企業亦難脫離二者得良好的發展，因此政治改革也成了民族資本家迫切的要求。

第二節　危機聲中的小說發展

　　晚清的知識分子面臨外力的衝擊與內部的貧弱，求富圖強為其普遍存在之信念，而一切學說思想之發軔、移植，可謂皆輾轉啓念於此一動機。〔註90〕甲午戰爭的慘敗，使得知識分子體悟出有責任喚醒民眾，共同救亡圖存。在此種動力推挽之下，於是展開種種思潮的激盪，演為種種的改革論說，文學的工具功用，遂亦成為思考目標之一。〔註91〕而改革所訴諸的對象，也由朝廷內閣逐漸擴及至一般民，「開民智運動」便成為最急切的救國要務。

　　鴉片戰爭後，工商業的發展促使沿海沿江地區城市興起，在都市化及資本主義的發展中，市民階級也隨之擴大，因應城市居民的娛樂要求便是俗文學——特別是小說的顯著發達。都市不僅是改革思潮的聚集要地，城市居民也成為改革者尋求共鳴的對象，晚清小說的發展可以說是知識分子在市民階層中宣揚新思想的文化活動。因此沿海的商業城市——尤以上海為代表，不僅成為貿易的主要中心，更替代了北京成為文化活動的舞臺。

一、文學思潮的演變

（一）翻譯小說的引介

　　晚清對於外國書籍的翻譯是為了吸收西方文化，在洋務運動時期即有學習外國語，派遣留學生出國留學等措施。〔註92〕翻譯風氣的盛行，以翻譯小說而言，早在同治十一年（西元 1872 年）「申報」已刊載有將人名、地名都改為中國化的西洋小說。〔註93〕不過此時期對外國小說的翻譯「盡舉所知，

〔註90〕同註48所引文，頁1。

〔註91〕王爾敏〈中國近代知識普及運動與通俗文學之興起〉，收入《中華民國初期歷史研討會論文集》，頁923。

〔註92〕同治元年（西元1862年）設立京師同文館，其後又設立了上海廣方言館、廣東方言館，以及湖北自強學堂等，皆有外國語文之教習。其中同文館、廣方言館等，並從事翻譯。同治十年（西元1872年）起，派遣留學生出國留學。

〔註93〕如《談瀛小錄》即取材於英人的《格列佛遊記》（Gullivers Travels）；《一睡七十年》則取材於歐文（Washington Irving）的小說《李伯大夢》（The Legend of Sleepy Hollon），類似這樣的翻譯小說論者稱之為「假扮小說」，詳見胡懷琛〈中

也不超過十指之數。」〔註94〕

　　外國小說的大量譯介，則在甲午戰爭以後，可以說是一部分有識之士的反省自覺和提倡實踐的結果。翻譯的動機和目的是較傾向於政治性的，光緒二十四年（西元 1898 年）梁啓超（西元 1873～1929 年）於《清議報》發表〈譯印政治小說序〉，爲闡明翻譯小說重要性的首篇理論性文章，主張翻譯政治小說，做爲政治宣傳及國民教育的工具，梁氏云：

> 在昔歐洲各國變革之始，其魁儒碩學，仁人志士，往往以其身之所經歷，及胸中所懷政治之議論，一寄之於小說。於是彼中輟學之子，鬢塾之暇，手之口之。下而兵丁、而市儈、而農氓、而工匠、而車夫馬卒、而婦女、而童孺，靡不手之口之。往往每一書出，而全國之議論爲之一變。彼美、英、法、奧、意、日本各國政界之日進，則政治小說爲功最高焉。〔註95〕

梁氏並且引述強調「小說爲國民之魂」，要時採有助於中國時局之外國名儒作品次第譯之。梁氏對於政治小說，不論是教化功能觀的形成及提倡，或外國作品譯介的觀念及根據，皆受日本影響很深。〔註96〕其言論雖有過度誇張之嫌，但在提昇小說地位及指出翻譯小說的意義和方向上，有很大的影響。特別是政治與小說關係的揭櫫，並直接影響了晚清小說分類的時尙，將小說冠上「政治」的名目，無疑地增加了「小說」一詞的尊嚴，因而編輯及小說家無不以此爲標榜，無論是新小說或傳統小說，甚至外國的翻譯、改編作品，均被標上種種可以儢人的名目，做爲宣傳之用，或成爲時人選擇小說種類的參考。〔註97〕

　　就小說的翻譯理論而言，嚴復（西元 1853～1921 年）在〈譯天演論例言〉中，提出「一名之立，旬月踟躕」的嚴肅態度，並揭示「信、達、雅」的翻

　　　　國小說概論〉，收入《中國小說欣賞導讀》，頁 80～92。
〔註94〕《黑蛇奇談》（晚清小說大系，廣雅出版社），附〈柯南‧道爾的介紹〉，頁 5。
〔註95〕梁啓超《飲冰室文集》卷三，頁 34～35。
〔註96〕梁啓超於光緒二十四年（西元 1898 年）亡命日本，日本對西方小說的翻譯及政治小說的流行，給予梁氏極大的影響。參閱夏志清〈新小說的提倡者：嚴復與梁啓超〉，收入《晚清小說研究》，頁 67～69；中野美代子〈說部考——清末における小說意識の成立〉（東方學第 47 期，1974 年 1 月），頁 9～10；張朋園《廣智書局（西元 1901～1915 年）——維新派文化事業機構之一》（中央研究院近代史研究所集刊第 2 期，民國 60 年 6 月），頁 399～401。
〔註97〕同前註所引夏志清文，頁 74；我們從寅半生的《小說閒評》中，亦可看出此種分類的風尚，詳見阿英《晚清文學叢鈔——小說戲曲研究卷》卷四，頁 467～507。按：以下簡稱《研究卷》。

譯標準，以「信」「達」本是相關的，要求譯者融會原著的「神理」，正確地表達，不要拘泥文詞；信達而外，並要求譯文雅馴。〔註98〕這樣的標準，連他自己也未能做到，但其所揭示的翻譯原則與態度，當予以小說譯家很大的影響。此外，嚴復認爲用「近世利俗文字」翻譯西方的著作，以它不能表達「精理微言」，主張「用漢以前字法句法，則爲易達。」〔註99〕

以古文譯介小說的形式，大量實踐於林紓（西元 1852～1929 年）的意譯小說之中。林紓可以說是有意並大量譯介西洋小說的第一人，從光緒二十五年（西元 1899 年）出版首部翻譯《巴黎茶花女遺事》起，共迻譯了近二百種的小說，〔註100〕一時有「林譯小說」之稱。其中以英國的作品爲最多，次爲法、美、俄，皆經由別人口譯筆述成譯，因此，在作品的選擇上及原作的內容和風格上，不免有所缺憾，加上古文的使用不無瞀扭之處。然而其影響，對後來的翻譯與創作都產生一定的作用。〔註101〕

隨著晚清通俗文學的大量需要與廣泛流行，外國小說的翻譯也漸蔚爲風氣，林紓之外，吳檮、梁啓超、徐念慈、周桂笙、陳冷血、周樹人、周作人等均有翻譯小說作品的問世，〔註102〕翻譯小說的數量更高過創作小說的一倍，〔註103〕其內容從早期的「政治小說」，到林氏的浪漫與寫實作品，其間尚有應時代社會需要的教育、科學等知性小說的譯介。發展至後期，偵探小說的翻譯卻大行其道，此種以讀者興趣爲導向的風氣，使當時的譯家無不與偵探小說有所關聯。後來的「黑幕小說」，可以說是翻譯偵探小說與譴責小說匯

〔註98〕參閱《中國近代文論選》，頁 181。

〔註99〕同前註。

〔註100〕據林紓〈致蔡元培書〉云：「弟不解西文，積十九年之筆述成譯者一百二十三種，都一千二百萬言。」收入《中國新文學運動史資料》，頁 102 頁；據鄭振鐸〈林琴南先生〉統計爲一五六種，收入《中國文學研究》，頁 1222。又馬泰來〈林紓翻譯作品全目〉計一七九種，收入《林紓的翻譯》，頁 103。各家統計皆有所出入。

〔註101〕林譯小說中，據阿英《晚清小說史》頁 183 所言，以《巴黎茶花女遺事》及《黑奴籲天錄》影響最大。其中《黑奴籲天錄》可以說是林紓有意藉翻譯「警我同胞」者。郭沫若云：「林琴南譯的小說，在當時是很流行的。……林譯小說中對於我後來的文學傾向上有決定性的影響的，是 Scott 的 Gvanhore 他譯成『撒克遜劫後英雄略』。」見《沫若文集》卷六頁 114，旁引自《中國近代文學論文集——小說卷》，頁 682～683。

〔註102〕參閱阿英《晚清戲曲小說目》，翻譯之部。

〔註103〕參閱樽本照雄《清末小說閒談》，頁 31。

合發展的結果。〔註104〕

　　小說在傳統文學中是被輕視的，雖然在明代末葉已有李卓吾、馮夢龍、袁宏道等人肯定小說的道德教育價值，〔註105〕但到了清末，小說的政治與社會功效才清楚地確定。以梁啟超而言，其觀念來源無疑是得自外國小說大於傳統小說，並且進一步將小說提昇為改造政治的利器。這種強調小說為啟蒙工具的功利觀念，可以說是當時文人作家從事翻譯或創作的原動力。

　　外國小說的翻譯，隨著政治、社會、文學的發展與需求，翻譯的作品範圍也漸漸擴大，不僅拓展了讀者的閱讀領域及文學眼界，進而形成研究西方文學的風氣；其次作者在創作時，不論是技巧或風格上，都受到啟發而有所移植。因此西洋小說的譯介，其影響已超出「政治改造」的範圍了。

（二）小說觀念的改變

　　「小說」的形成和發展在我國經歷了一段漫長的歷史過程，從最早見於《莊子·外物篇》，〔註106〕經歷了先秦兩漢的神話傳說、寓言野史，以及魏晉南北朝的志怪雜錄、唐代傳奇、宋元話本等不同歷史階段，逐趨成熟繁榮。因此，「小說」的概念，實際上是包含著不同內涵的歷史概念。然而在正統史家學者的心目中，小說觀念似乎並未與小說作品同時進展，從東漢班固的《漢書藝文志》，以迄清乾隆紀昀的《四庫全書總目提要》，其小說觀念幾乎無時差與代溝的歧見，小說仍是末技小道之流，〔註107〕不但無法獲得確切的意義與地位，而且時常為執政者所查禁。〔註108〕

　　鴉片戰爭後，中國封建社會的矛盾已使它到達一非變不可的地步，另一方面西力的衝擊更加速了它的變化。在這雙重力量的交互作用下，一個建基

〔註104〕阿英以為晚清後期的西洋偵探小說之所以流行，由於資本主義在中國抬頭，而且偵探小說與中國公案和武俠小說，有許多脈搏互通之處。見《晚清小說史》，頁186。

〔註105〕詳見周質平〈論晚明文人對小說的態度〉（中外文學11卷12期，民國72年5月），頁100～107。

〔註106〕《莊子·外物篇》云：「飾小說以干縣令，其于大達亦遠矣。」此處之「小說」乃指瑣屑的言談、小的道理。

〔註107〕《漢志諸子略》：「小說家者流，蓋出于稗官，街談巷語，道聽塗說者之所造也。」紀昀的《四庫全書總目·子部小說家類》，其蒐錄標準一如《漢志》：「其一敘述雜事，其一記錄異聞，其一綴輯瑣語也。」認為小說尚要有「寓勸戒、廣見聞、資考證」的效用或目的。對於小說的趣味，並未予以正視。

〔註108〕參閱阿英《關於清代的查禁小說》，收入《小說二談》，頁136～142。

於農業經濟、以士大夫為重心的宗法社會，便漸趨轉向以工商業為主導經濟、以大商人大資本家為重心的資本主義社會。〔註109〕中國文學面臨此一變化，傳統的詩文形式雖然有過掙扎、努力，但隨著舊社會的崩潰與舊思想體系的腐朽，終未能突破局限，而流為好古尚雅者的消遣品。因此，在此一歷史潮流的趨勢下，足以涵蓋此一時代的文學形式——小說，便取得了主導的勢力。

從士大夫文學的沒落，市民文學的興起，到走入群眾文學，表面上雖是文體形式的改變，實際上卻是知識分子對文學社教功能的醒覺，為了達到文化啟蒙促使全民普遍覺醒所做的努力。有心之士對通俗文學的關注，特別是小說價值的認識，早在同治十一年（西元1872年），蠡勺居士的《昕夕閒談》序即提出，認為小說「其感人也必易，其入人也必深。」並具有「啟發良心」等社會作用，否定了小說是小道的說法。〔註110〕梁啟超也於光緒二十二年（西元1896年）在《時務報》連載了《變法通議》，其中「論幼學」一節提出了小說通俗易傳的觀點，意識到小說的社教功能，主張「專用俚語，廣著群書」，以反映現實，揭露時弊的小說，代替「誨盜誨淫」的舊小說，以達「振厲末俗」的作用。〔註111〕光緒二十三年，梁氏為《蒙學報》、《演議報》作一合敘，指出「西國教科之書最盛，而出以游戲小說者尤夥。」認為日本變法成功即賴俚歌與小說之力，因此，小說是童蒙教育與平民教育最有效的工具。〔註112〕

這種對小說社教功能的肯定及通俗化發展的主張，在光緒二十三年嚴復和夏曾佑在天津《國聞報》連載的「本館附印說部緣起」一文中，首次做了深刻的討論。嚴氏並以進化論作為解釋文學的前題，重新檢討小說的嚴肅意義，強調小說的社會功能：

> 夫說部之興，其入人之深，行世之遠，幾幾出於經史之上，而天下
> 之人心風俗，遂不免為說部所持。〔註113〕

〔註109〕尉天驄〈鴉片戰爭前後中國社會與小說的轉變〉（中華文化復興月刊，第9卷第6期，民國65年6月），頁64。

〔註110〕《昕夕閒談》可能是清末最初的翻譯作品；〈昕夕閒談小序〉，《研究卷》，頁195。

〔註111〕見梁啟超《飲冰室文集》卷一，頁54。

〔註112〕同前註，卷二，頁56～57。

〔註113〕原載《國聞報》，引自《中國近代文論選》，頁200。

這種超越傳統的見解當時發表在北方，猶具有特別的意義。梁啟超因而稱頌之爲「雄文」，並且「狂愛之」。〔註114〕次年（西元1898年）梁氏即在日本發表〈譯印政治小說序〉，小說更進一步與政治聯繫在一起。

　　光緒二十八年（西元1902年），梁氏於日本橫濱創刊《新小說》雜誌，發表〈論小說與群治之關係〉一文，明確提出了「小說界革命」的號召，其開宗明義：

　　　　欲新一國之民，不可不新一國之小說。故欲新道德，必新小說；欲
　　　　新學藝，必新小說；乃至欲新人心，欲新人格，必新小說。何以故？
　　　　小說有不可思議之力支配人道故。〔註115〕

他一反過去認爲小說只是低層次讀者才喜歡的讀物的看法，提出即使是「高才瞻學之士」亦「獨嗜小說」。他還貶斥了小說僅能以賞心樂事爲目的的說法，認爲小說亦有打動人心的悲劇的價值。對於傳統小說，梁氏承認其感染作用，卻全盤否定其價值，認爲是「中國群治腐敗之總根原」。〔註116〕由於其出發點主要是關心小說對整個國家的復興與衰亡的影響，又因小說具有「薰」、「浸」、「刺」、「提」四種力量，而「易入人」、「易感人」，爲文學之最上乘，故「欲改良政治，必自小說界革命始。欲新民，必自新小說始。」〔註117〕此種論調可以說是其政治改良主義的另一章，亦爲當時時代思潮的反映，成爲小說時代全面來臨前的宣告。

　　綜觀梁氏此文，帶有濃厚的政治色彩，可以說是對小說家如何提高國民的政治認識的忠告，〔註118〕爲具有綱領性的小說理論文章。而以梁啟超在政治、學術上的地位，加上創辦第一種「新小說」雜誌，宣傳提倡革新小說的思想，並參與理論闡述和創作實踐，〔註119〕其影響力是非常大的。不僅小說的作用和地位空前提高，小說的譯、作亦大量湧現；〔註120〕刊載新小說的小

〔註114〕《小說叢話》，梁啟超語，阿英《研究卷》，頁310。
〔註115〕引自《飲冰室文集》，卷十，頁6。
〔註116〕詳見〈論小說與群治之關係〉，《飲冰室文集》，卷十，頁9。
〔註117〕同前註，頁7～8；頁10。
〔註118〕夏志清〈新小說的提倡者：嚴復與梁啟超〉，頁72。
〔註119〕1903年，梁啟超仿照詩話、文話的體例，於《新小說》中開闢「小說叢話」的專欄，以新小說觀點評述古今小說。詳見阿英《研究卷》，頁308～315。同年，梁啟超發表第一部政治小說《新中國未來記》於《新小說》上。
〔註120〕據阿英《晚清戲曲小說目》的估計，以新體裁寫的六百多部作品中，百分之九十都寫在1902年以後，即梁氏創辦《新小說》之後。

說雜誌紛紛創刊，比較著名的如《繡像小說》（光緒二十九年）、《月月小說》（光緒三十二年）、《小說林》（光緒三十三年）等。並引發了小說理論的辯駁與建立，例如夏曾佑（別士）、狄平子（楚卿）、王鍾麒（王无生、天僇生）、陶曾佑、黃摩西（黃人）、徐念慈（東海覺我）等人，他們從各種角度，對梁啓超的論點加以演繹、補充，或提出修正，〔註121〕形成一種群體參與的特有現象，〔註122〕使小說理論在質量上提昇到另一新的階段。

　　梁啓超形成的小說觀有著時代背景造成的必然因素，時人亦極力突出小說的地位，小說作者大抵皆秉持裨國利民、開智諷諫的創作旨趣，他們汲汲於揭露所見，傳播智識，在藝術層面上較少顧及。此種強調教化功能的小說觀，可以說是傳統「文以載道」觀念的延續，然而用以載道的媒介卻有了反傳統的改變。〔註123〕晚清的文人作家面對國家空前的憂患，逐漸擺脫文學的消極面，從小說中付出了前所未有的積極態度，使小說超越傳統的消遣性質，轉換成對現實的關切，於是小說的發展，對時代的改變也有很大的影響。

（三）白話文運動的興起

　　晚清的有識之士提倡通俗文學，旨在開通民智、普及知識。要達成此點，必須先對中國的文體作一改革。梁啓超於光緒二十二年（西元 1896 年）〈論幼學〉一文中指出「古人文字與語言合，今人文字與語言離。」「今人出話皆用今語，而下筆必效古言，故婦孺農甿，靡不以讀書爲難事。」〔註124〕梁氏本人即以所謂的「新文體」發表了近百篇的文章專著，這種不避俗言俚語，使古文白話化的文體，〔註125〕不僅達到啓發民智的效用，對白話文運動也有所影響。狄平子於光緒二十九年（西元 1903 年）〈論文學上小說之位置〉一文亦云：

> 飲冰室主人常語余：俗語文體之流行，實文學進步之最大關鍵也。……言文分離，此俗語文體進步之一障礙，而即社會進步之一障礙也。爲今之計，能出最適之新字，使言文一致者上也；即未能，

〔註121〕參閱《中國近代文論選》，第二、三輯。

〔註122〕康來新《晚清小說理論研究》，緒論，頁 1～2。

〔註123〕王德威《從劉鶚到王禎和——中國現代寫實小說散論》，頁 1～2。

〔註124〕同註 111。

〔註125〕梁啓超自云：「啓超夙不喜桐城派古文，幼年爲文，學晚漢、魏、晉，頗尚矜鍊。至是自解放，務爲平易暢達，時雜以俚語、韻語及外國語法，縱筆所至不檢束。學者競效之，號新文體。老輩則痛恨，詆爲野狐。然其文條理明晰，筆鋒常帶情感，對於讀者，則有一種魔力焉。」見氏著《清代學術概論》，頁 62。

　　　亦必言文參半焉。此類之文，舍小說外無有也。〔註126〕

群眾是提倡俗文學訴諸的對象，文學就有使用通俗的群眾語言的必要；此外，隨著資本主義工商業的發展及科學的輸入，湧入的新的物質內容、意識形態等名詞，中國的文言文、舊詞彙無法完全容納，便有以新文體加以融合的要求，於是產生了白話文運動。〔註127〕

　　　早在同治七年（西元1868年）黃遵憲已提出「我手寫我口」，〔註128〕光緒十三年（西元1887年）更提出語言與文字合一的主張，認爲東西各國因語言文字合一，所以「通文者多」，他主張把文體改變爲「通用於今，通行於俗。」「令天下之工商賈婦女幼稚皆能通文字之用。」於是白話小說成爲最合宜的表現方式。〔註129〕此實爲白話文主張的先驅言論，對於晚清小說的發展也有著先導的作用。

　　　光緒二十三、四年（西元1897～98年），爲通俗文學理論建樹與積極實踐最具創始意義時期。〔註130〕光緒二十三年陳榮袞作《俗話說》，將雅俗與古今對稱，認爲雅俗無定，故「古人因俗話而後造字，今人尋古俗話之字而忘今俗話之字，是相率爲無用之學也。」〔註131〕指明了使用俗語的必然性。同年有「蒙學公會」在上海成立，創立《蒙學報》；次年無錫成立「白話學會」，同時刊行《無錫白話報》，不久改爲《中國官音白話報》，皆可謂白話文運動的濫觴。裘廷梁於此年發表〈論白話爲維新之本〉，鼓吹「崇白話而廢文言」，認爲白話先文言而生，直視文言文爲愚民的工具，並列舉使用白話有「便幼學」、「便貧民」等八益，以成周、西方、日本行白話的功效，主崇白話，故云：

　　　文言興而後實學廢，白話行而後實學興；實學不興，是謂無民。

　　〔註132〕

裘氏之論說可謂晚清白話文運動的理論基礎。

　　　光緒二十五年（西元1899年）陳榮袞於澳門《知新報》發表〈論報章宜用淺說〉，指出「作報者，亦惟以淺說爲輸入文明可以矣。」明確地主張報紙

〔註126〕原載《新小說》第七號，引自《中國近代文論選》，頁236～237。
〔註127〕參閱譚彼岸《晚清的白話文運動》，頁1。
〔註128〕見黃遵憲《人境廬詩草》卷一，頁6。
〔註129〕見黃遵憲《日本國志》卷三三學術志，頁15。
〔註130〕同註91所引文，頁925。
〔註131〕見陳子褒《教育遺議》，頁1。
〔註132〕原載《無錫白話報》，引自《中國近代文論選》，頁176～180。

當改用白話。〔註133〕裘廷梁亦云：

> 欲民智之大啓，必自廣學校始，不得已而求其次，必自閱報始。報
> 安能人人而閱之，必自白話報始。〔註134〕

為了運用適合群眾的語言進行開民智的工作，各地紛紛創辦白話報，繼《蒙學報》、《無錫白話報》後，特重通俗教育的，如《蘇州白話報》、《杭州白話報》、《揚子江白話報》、《京話報》等，其名不勝枚舉。〔註135〕首先出現於長江下游各省，後遍及全國各地，對白話的推進起了很大的作用，不僅普及教育和開通民智，也提高國民的識字率及閱讀能力，對晚清通俗白話小說的風行，有著推波助瀾的力量。〔註136〕

晚清的白話文運動發起於長江下游，和這個地區產生民族資本主義有不可分的關係，〔註137〕日趨工業化發展的社會，傳統的古文不足以應世，迫使語言趨向實用性的發展。晚清的白話文運動，在理論主張與實際行動的支持與體現下，有了初步的進展，成為五四運動白話文的歷史根據，並帶動了晚清小說的蓬勃發展。而晚清小說的大量使用白話文寫作，也可以說是「有意的主張白話文學」的表現。〔註138〕

二、新聞事業的蓬勃

（一）新聞出版事業的興盛

晚清新聞出版事業的蓬勃發展，推動了小說的大量撰寫、出版和發行。〔註139〕當時的印刷技術，由於嘉、道年間有西洋活字版印刷的傳回中國，〔註140〕

〔註133〕同註131，頁9。

〔註134〕旁引自譚彼岸《晚清的白話文運動》，頁12。

〔註135〕參閱戈公振《中國報學史》，頁131。

〔註136〕林瑞明〈譴責小說——晚清小說界革命的實質收穫〉，《聯合文學》1985年4月號，頁24。

〔註137〕同註127所引書，頁4。

〔註138〕同前註，頁3；24。

〔註139〕張玉法〈晚清的歷史動向及其與小說發展的關係〉，收入《漢學論文集第三集》晚清小說專號，頁23。

〔註140〕我國雕版印刷約始於中唐，然手續繁而費用多，故雖有可傳之書，人猶憚於印行。宋人畢昇發明活版印刷，但流行未廣，卻流傳大行於歐洲，並加以改良。嘉慶十二年（西元1807年），英人馬禮遜（Robert Morrison）來華傳教，最致力於文字，為翻譯新約成中文，嘗祕密雇人刻板，為華文改以字模之始，惜事機為官府偵知，刻工恐禍及己，舉所有付之一炬。參閱戈公振《中國報

以及各種印刷設施的引進充實，造成清末印刷事業的發達，成爲任何出版品得以刊布流行的主要條件，使得傳播晚清小說媒介的報業與出版業日益勃興。

我國近代報業，肇始於西方傳教士、商人在華創辦報刊，自咸、同之際始，至光緒年間，全國報刊近八十種，其中教會創辦者佔十之六焉。〔註141〕其目的主在傳播教義、宣傳商務，〔註142〕對我國政治、經濟、教育、文化各方面皆有影響，〔註143〕在客觀上，則將西方報章的形式與制度輸入中國，使得中國歷代以來的邸報、朝報、官報等新聞形式，逐漸有所蛻變。

我國人自辦之民報，始於同治十二年（西元1873年）之昭文新報，次爲循環日報、匯報、新報、廣報，〔註144〕惜時人尚不知閱報之意義，讀者視之爲「洋商之一種營業」，而知識分子多熱中科舉，不屑於從事報業，從事報業者多爲落拓文人疏狂學子，〔註145〕「無思易天下之心，無自張其軍之力」，爲中國報業落後「病根之根焉」。〔註146〕

甲午戰後，知識分子外憂於強敵之脅迫，內感於民智之蔽塞，始醒覺於以報章雜誌爲喚醒民眾的有效方式，於是「革新救亡，新報紛起；論政記事，規模漸具。」〔註147〕政論報刊紛紛興起，不論是改革派或革命派，雙方均利用報刊宣傳其政治論點，鼓吹其救國主張，爲中國近代新聞事業揭開了繽紛的一頁。

報紙雜誌的勃興對小說最直接的影響，即提供了大量的小說發表園地。當時許多雜誌都有附刊小說雜組，如《清議報》、《新民叢報》、《大陸報》等。〔註148〕而早在光緒二十二年（西元1896年）李伯元即創辦《指南報》於上海，

學史》，頁68：246～251。
〔註141〕據〈中國各報館始末〉一文所述，見《萬國公報》三十二卷（西元1901年9月）。
〔註142〕當時宣教與商務的中文雜誌有《各國消息》、《教會新聞》（後更名爲《萬國公報》）、《益聞錄》、《亞東時報》、《大同報》等，報紙有《中外新報》、《申報》、《時報》、《新聞報》等，詳見曾虛白編《中國新聞史》，頁133～157。
〔註143〕同註140所引書，頁107～111。
〔註144〕同前註，頁121～123；賴光臨《中國近代報人與報業》，第十二章「王韜之創辦循環日報」，頁116～127。
〔註145〕雷縉〈申報館之過去狀況〉，申報特刊〈最近之五十年〉。
〔註146〕梁啓超〈清議報第一百冊祝辭並論報館之責任及本館之經歷〉，《飲冰室文集》卷六，頁53。
〔註147〕成舍我序袁昶超《中國報業小史》。
〔註148〕參閱阿英《研究卷》中所錄資料之出處。

爲晚清小報的開始，其後有《游戲報》、《采風報》、《世界繁華報》等相繼出刊，〔註149〕小報的出現與報紙附刊的產生很有關係。〔註150〕其內容不出談風月說勾欄，如李伯元者，秉持「假游戲之說，以隱寓勸懲。」〔註151〕的寫作動機，並且藉由上海外國租界的屏障，言論的自由使得小說作者可以放膽寫作，於是，社會黑暗面的揭露成爲晚清小說習見的題材；抨擊與譴責便成了晚清小說基本的語調。

除了小報以外，許多專門刊載小說的雜誌亦紛紛創刊，〔註152〕

名　　稱	編　輯	發　　行　　年	出　版　地
新小說	梁啓超	一九〇二年十月　月刊	日本橫濱：一九〇五年一月起由廣智書局出版
繡像小說	李伯元	一九〇三年五月　半月刊	上海：商務印書館
新新小說	冷笑	一九〇四年八月　月刊	上海
新世界小說社報		一九〇六年五月　月刊	上海
月月小說	吳趼人	一九〇六年六月　月刊	上海：群學社
小說月報		一九〇七年一月　月刊	上海後改名競立小說月報
小說林	黃摩西、曾樸	一九〇七年二月　月刊	上海：小說林社
中外小說林		一九〇七年	廣州
新小說叢		一九〇七年	廣州
十月小說		一九〇九年八月	上海：圖書日報社
小說時報		一九〇九年十月　月刊	上海：有正書局
小說月報	鄭振鐸等編	一九一〇年七月	上海：商務印書館

這些文藝報刊提供有關小說的發表空間，不論是翻譯或創作，以致理論的溝通論戰，皆刺激提高了小說的數量。小說與報章的結合，不但能收及時之效，也擴大了小說的流傳普遍性及增加閱讀人口，以及有關出版方面訊息

〔註149〕據阿英《晚清小報錄》統計，共有三十二種，參閱《中國近代報刊發展概況》，頁115～116。

〔註150〕袁昶超《中國報業小史》，頁34。

〔註151〕李伯元〈論游戲報之本意〉，原載《游戲報》第六三號（西元1897年7月28日），引自阿英《晚清小報錄》，《中國近代報刊發展概況》，頁122。

〔註152〕此表參考阿英《晚清文藝報刊述略》、張靜廬《中國近代出版史料初編》及張玉法〈近代中國書報錄〉（《新聞學研究》，第789期，民國60年5月、11月，民國61年5月）。

的流通，皆有助於晚清小說的蓬勃發展。而這些刊物的發行地區大都在口岸和租界，這些新興都市與外界接觸多，不僅使眼界觀念與知識領域爲之拓展，也因而豐富了小說的題材內容；都市中的廣大市民階層更是新小說的主要讀者，因此，口岸可以說是近代通俗文學發達，以及新文學創生發展壯大之所在。〔註153〕

（二）寫作及閱讀人口的增加

新知識分子的興起是近代中國最大的轉變，他們或是受新式教育，或是留學歸國；或因工作、居住環境與西方事物接觸受影響，較之傳統的士紳文人，關心國家、政治、社會、經濟的發展，也較具應付新環境的能力。新知識分子大都居住在城市或通商口岸，是組成晚清小說作者與讀者群的主要分子。〔註154〕

這些知識分子面對國家民族存亡興廢，在普遍的自覺裡，由於梁啓超等人的鼓吹，將小說的功用與價值提昇到空前的地位。小說的創作不再只是文人失意、自娛娛人之作，知識分子在從事小說的譯、作時，普遍抱持著憂國憂民的使命感，因而帶動了晚清小說的發展。

此外，清廷於光緒三十一年（西元1905年）廢止科舉制度，廢除八股取士的辦法有助於自由創作風氣的興盛，然而也使一些讀書人頓失所依，於是靠賣文爲生。由於當時報刊雜誌風起雲湧，提供發表的園地眾多，作品的需要量也激增，於是職業性的作家日益增多，小說的作家也日趨職業化。寅半生著《小說閒評》即於敘云：

> 十年前之世界爲八股世界，近則忽變爲小說世界。蓋昔之肆力於八
> 股者，今則鬥心角智，無不以小說家自命，於是小說之書日見其多，
> 著小說之人日見其夥，略通虛字者，無不握管而著小說。〔註155〕

不論是藉小說做爲改良社會的憑藉，或是以小說創作爲謀生的工具，晚清小說雖擁有廣大的寫作人口，但眞正的藝術佳作卻不多見。晚清小說作者或由於處於極度的「社會焦慮感」之下，而無法平心靜氣創作；或因於強烈的寫作使命感與創作時顧及讀者階層等因素影響其作品風格；〔註156〕或者我

〔註153〕同註91所引文，頁984。
〔註154〕同註139所引文，參閱頁12～17。
〔註155〕引自阿英《研究卷》，頁467。
〔註156〕參考吳淳邦〈中國諷刺小說的諷刺技巧特點〉《中外文學》第十六卷第六期，

們可以從另一個美學角度來觀察晚清小說鬧劇模式的文學風格，〔註157〕然當時小說作者的寫作習慣，或因與報章結合，在形式或題材上皆有所拘限；或同時進行數部連載小說的創作，〔註158〕其寫作態度與方式，已不再是致畢生之力於一巨冊，小說幾成了工匠之製作，寅半生即評之云：

> 朝脫稿而夕印行，一刹那間即已無人顧問。蓋操觚之始，視為利藪，苟成一書，售諸書賈，可博數十金，於願已足，雖明知疵累百出，亦無暇修飾，甚有草創數回即印行，此後竟不復續成者，最為可恨。
> 〔註159〕

儘管嚴復、梁啓超等人力倡「新小說」或「政治小說」，但其理想中的小說形式並未蔚為風潮，反是對當代政治社會現象直接揭發或批判的「譴責小說」大行其道，甚者則以讀者的興趣為本位，「過甚其辭，以合時人嗜好」。〔註160〕因此，當晚清小說裡的愛國心和政治熱情冷卻後，代之而起的便是黑幕派與鴛鴦蝴蝶派的作品。

由於都市化的發展以及工商、教育的發達，大量的人口湧向都市，包括地主、知識分子等等，逐漸形成一「市民階層」，他們擁有較農村為強的閱讀能力，見識較廣，關懷國是，也較有閒暇或需以閱讀為娛樂，形成小說市場的有利條件。因此，都市的擴展及市民階層的興起，是晚清小說發展的重要條件，市民階層便是晚清小說讀者群的主要成員。〔註161〕由於小說寫作及發行的新聞化，讀者閱讀小說的習慣也有很大的改變，讀小說是讀報章雜誌的一部分，且漸成為日常生活的必要項目，報章雜誌成為作者與讀者之間新關係的表徵。〔註162〕當時小說雜誌流布的情形，梁啓超於《清代學術概論》中回顧道：

> 為新民叢報、新小說等諸雜志，暢其旨義，國人競喜讀之，清廷雖嚴禁，不能遏。每一冊出，內地翻刻本輒十數，二十年來學子之思

民國76年11月），頁162。

〔註157〕此一觀念引自王德威《從劉鶚到王禎和——中國現代寫實小說散論》一書，主要參閱〈『譴責』以外的喧囂——試探晚清小說的鬧劇意義〉一文，頁65～76。

〔註158〕參閱 Shu-ying Tasu 著，謝碧霞譯〈『新小說』的興起〉，收入《晚清小說研究》，頁101。

〔註159〕同註155。

〔註160〕魯迅《中國小說史》語，頁298。

〔註161〕同註139所引文，頁22～23。

〔註162〕同註158所引文，頁99。

想，頗蒙其影響。〔註163〕

　　由於知識分子的自我覺醒，加上都市化的發展及新聞印刷事業的興盛，以及小說的讀者群與作者群的互動關係，使得寫作及閱讀人口日益增加，提供了晚清小說蓬勃發展的基礎。

〔註163〕同註125，頁62。

第二章 反映在晚清小說中的商界風氣

　　理論上商人在中國傳統社會受到極大的鄙視，他們位列四民之末，因賴交易而非生產營利，故其職業被視爲次等的、非基本性的「末業」。此外，商人多被視爲奸狡、唯利是圖，而受到輕視。然而中國歷代商人，不論在政治上或社會上時常具有不容忽視的影響力，「商人」實際上或許比士、農、工三種人，在中國的社會中獲得更多的解放。因此，當工業社會的勢力逼近時，一般人或許會期待這些商業主義者能迅速地轉變成如西方代代社會中中產階級商人所扮演的角色。〔註1〕

　　然而，這種期望是落空了。帝國主義的經濟力量與中國的市儈主義結合在一起，形成了晚清社會的新面貌。一般官吏仍抱持著「輕商」的觀念，因而需索規費、貪污賄賂的風氣仍很盛，在「官爲刀俎，商爲魚肉」的社會裡，這種對待商人的態度，就官場而言，似乎被視爲理所當然的。在官商勾結的風氣之下，只能形成附庸的資產階級，賄賂、逢迎爲其賺取利益的手段，不但對中國官場造成極大的腐蝕作用，也對民間產生極壞的作用。〔註2〕晚清小說中所呈現的中國商業界，正是一個面臨道德秩序解體的社會，爾詐我虞、官商勾結、唯利是圖的氣息彌漫在每一幕商界場景中，透露出中國近代工商所以失敗的訊息。

　　晚清小說中關於商界的種種現象，多以沿海新興都市爲其演出的舞臺，其

〔註1〕 Marion J. Levy. Jr.著〈近代中國社會的變化〉，收入《知識份子與中國現代化——中國代化的歷程》，頁200。

〔註2〕 尉天驄〈虛無主義：晚清社會的困局〉，淡江大學主辦第二屆「中國社會與文化學術研討會」論文，民國77年12月3日。

中尤以上海爲盛。上海原爲黃浦江邊的小漁村，開港設埠之後，中外商賈雲集，寧波幫、紹興幫、安徽幫、山西幫、廣東幫等等，加上洋商，彼此基於共同的利益助長了上海的蓬勃發展，使得上海成爲中外貿易的樞紐，各地勞工亦蜂擁而至，人口隨之躍居全國首位。正如《二十年目睹之怪現狀》楔子所云：

> 上海地方，爲商賈麕集之區，中外雜處，人煙稠密，輪舶往來，百貨輸轉。加以蘇、揚各地之煙花，亦都圖上海富商大賈之多，一時買棹而來，環聚於四馬路一帶。……於是乎把六十年前的一片蘆葦灘頭，變做了中國第一個熱鬧的所在。唉！繁華到極，便容易淪於虛浮。〔註3〕

上海的繁榮是奠定在列強開港設埠的基礎上，而非自身經濟發展的結果，隨著沿海都市畸形繁榮而來的，卻是極端的消費和享樂。人情變得「諂富驕貧，欺善怕惡」，風俗作興「吃喝嫖賭，吹哄嚇詐騙假」。〔註4〕小說中的商場故事許多都是在堂子裡進行的，商場的名賈要角無不以徵逐爲要事。然十里洋場的繁華，及消費享樂的基礎，卻是建築在農村經濟窮困破產，許多年輕女子淪爲妓女的悲劇上。因此，一面是破敗的農村一面是新興的城市的背景，正是晚清小說最常見的現象。〔註5〕

第一節　商場的訛詐

　　商人的投機、操縱物價、屯積貨財，往往被認爲不但害及消費者（特別是農民），對整個經濟也有害。歷代政府爲管制工商業而頒布的法令條規非常繁多，然工商業者仍巧僞百出，儘量博取「奸利」、「邪贏」，欺詐作僞層出不窮，所以商人一直被稱爲「奸商」，是長期存在的現象。〔註6〕而此種現象又普遍反映在城市商人身上。到了晚清，沿海都市的畸形繁榮，成了冒險家的樂園，產生不少白手起家的海上富翁，卻也產生很多不幸的副產品，例如竊盜、詐騙、色情犯罪不一而足，傳統的倫常遭到破壞。都市生活腐蝕了人與

〔註3〕吳趼人《二十年目睹之怪現狀》（台北，廣雅出版有限公司，民國73年3月初版，以下簡稱「廣雅版」），頁1。

〔註4〕蕭然鬱生《新鏡花緣》，第四回，月月小說第十一號，頁36。

〔註5〕尉天驄〈晚清社會與晚清小說〉，收入《漢學論文集》第三集，《晚清小說專號》，頁100。

〔註6〕傅筑夫《中國經濟史論叢》，頁459～460。

人之間的互相信任與道德權威，

> 許多騙局、拐局、賭局、一切希奇古怪，夢想不到的事，都在上海
> 出現。於是乎又把六十年前民風淳朴的地方，變了個輕浮險詐的逋
> 逃藪。〔註7〕

久而久之，商界亦見得「僞像百出，信實全無，奸智日進，道德愈衰了。」
〔註8〕

　　晚清小説中對商界的種種騙術、騙局著墨不少，大至盜賣一省的礦產，
小到販賣不實物品、欺騙消費者，其中亦有洋人參與騙局的例子，中外游民，
狼狽爲奸，相互利用，欺詐我無知同胞，爲中國開埠通商後的病態之一。

　　這些商場的訛詐、騙局內容，也反映出晚清的時代動向。在言論鼓吹和
政府獎勵下，光宣年間出現一片興辦實業的熱潮，以抵制列強的經濟侵略。
日俄戰爭後更有收回礦權運動，爲人民普遍自覺民族意識的表現。〔註9〕然而
在小説中我們卻看到假辦實業之名，周旋於中國的官場與洋人之間，幹的卻
是盜賣礦產、中飽私利的無恥勾當，《官場現形記》第五十二回裡的尹子崇寫
的就是這一類買辦性格的商人。尹子崇在安徽成立「善祥公司」，招股開礦，
卻吞併股本，狂嫖爛賭，最後靠著瞞騙丈人徐大軍機的不識洋文，輕易地把
安徽全省的礦產賣給外國人。中國礦權的喪失，雖因於清廷的積弱不振與官
僚的缺乏經濟知識，然而由於有尹子崇這類貪圖私利的小人，勾結官僚，出
賣國家利益。開礦這種本是挽回利權、養活窮人的好事，落到這群罔顧民族
大義、只知中飽私利的小人手裡，怎能不讓有心人心灰意冷而裹足不前呢！
李伯元對這類買辦型人物，毫不保留地刻劃出其醜陋行徑，對洋商虛僞、狡
詐的心機也著墨不少。〔註10〕

　　此種假辦實業之名，招搖撞騙的行爲，又可見於吳趼人的《近十年之怪
現狀》的描寫，這回是喬子遷、李老三同伊紫旒，冒「山東金礦局總辦」之
名，在上海設局招股，後雖遭當局檢舉，派員徹查而不了了之，〔註11〕然而
在「官督商辦」的局面下所滋生的許多問題，已使得商人視入股爲畏途，再
加上層出不窮的騙局，只有更加敗壞商務，阻礙大局。無怪《市聲》的作者

〔註7〕同註3。
〔註8〕同註4，第七回，《月月小説》第十四號，頁55。
〔註9〕李恩涵《晚清的收回礦權運動》，頁68～71。
〔註10〕李伯元《官場現形記》（廣雅版），五十二、五十三回，頁806～819。
〔註11〕吳趼人《近十年之怪現狀》（廣雅版），第一回至第四回，頁4～27。

要「談騙局商界寒心」〔註12〕了！

關於買辦的居間拉攏、詐騙的情形，在姬文的《市聲》裡，有更直接的描寫。第二十六、二十七、二十九回，寫廣西後補知府陸襄生到上海採辦軍裝，買泖洋行買辦單子肅是官場應酬老手，從廣東到上海，一路上對陸氏百般奉承、巴結，先送一桌滿漢席為見面禮，繼則昂價的雲土陳膏、一副價值八百兩銀子的煙傢伙，在官商勾結之際又添上一層師生關係，自此以後，天天吃花酒、碰和、看戲、吃番菜、逛花園。甚至替陸襄生的相好倌人黃翠娥付千百銀子的首飾錢，為陸氏代墊急款三千元，分息未取。單子肅的一段吹噓，不但寫出上海商人的滑頭，也具有反諷的效果。

> 我們中國人替中國人辦軍裝，本是為將來保護中國人用的，斷乎賺不得錢，只不折本便可承辦。那些靠著軍裝賺錢的人，都是喪盡良心！要曉得槍砲不中用，打起仗來，傷了多少同胞的性命，這罪孽卻不小！他所以不願在這軍裝上面發財。〔註13〕

其結果是，陸襄生此回採辦軍裝，連借帶用，已捲去萬把銀子。後又開一筆花帳，幾及千金。單子肅自然提了官的扣頭，還有私的，連作陪的兩名戲子也弄到七八百銀子。辦來的軍裝不消說都揀外國末等的貨色，開上個大價錢。〔註14〕這種侵蝕耗費的行徑不說，此去又不知將傷害多少同胞的性命！

用來對襯陸、單的是直隸候補道魯仲魚到上海辦軍裝的另一事件。魯氏雖久慣官場，卻深戒嫖賭，怎奈上海「大注買賣，都要在堂子裡成交」。〔註15〕魯氏又生性最怕外國人，覺得外國人的勢力比上司大了百倍，又且他們文明，自己腐敗，有些愧對他們。結果碰上了兩個上等流氓：被拐客蕭杭覺串通外國人穆尼斯詐騙五萬兩銀子。所以，不嫖不賭的魯仲魚還是領略出上海堂子裡的世界，跟著陸襄生學嫖學賭及滑頭談吐模樣。丟脫的五萬兩銀子只得勾通采聲洋行買辦盧茨福，做個花手心，把差使敷衍過去。〔註16〕

上海採辦軍裝的弊病，只要官商互通聲息，在「銀子會說話」的世界裡，洋行經理、買辦、官員倒可弄得皆大歡喜，至於各省強兵所需的「軍裝」，不過成了官商貪污、訛詐的憑藉。如魯仲魚最初那種弊絕風清、一毫不苟的作

〔註12〕姬文《市聲》（廣雅版），第三十回回目，頁 211～213。
〔註13〕同前註，第二十七回，頁 193。
〔註14〕同前註，第二十九回，頁 209。
〔註15〕同前註，頁 195。
〔註16〕《市聲》，第二十七回～三十回，頁 194～216。

風，卻弄得吃力不討好，只有學會商場的那一套嫖賭、圓通法則，才能適應社會的「新秩序」，買辦蘆茨福即不諱言地說道：

> 要說敝行裡的買賣，卻也上下不等。遇著認真的認真；不認真的活動些也不妨事。只要買賣大，總可通融。〔註17〕

> 觀察要知道這軍裝的價錢，可大可小，沒得一定。採辦委員卻沒出過亂子，隨他督撫精明，關涉到外國貨色，價錢的上下，只好聽憑委員說去。……觀察這般實心辦事，世間也沒第二位，儘管糊弄一回，不妨事的。〔註18〕

陸襄生是深諳此道的人，魯仲魚上過一次當後，終也妥協於此世界的「新法則」了。

在吳趼人的《近十年之怪現狀》第十五、十六回，卻倒寫一個軍裝買辦遭騙局的事件。魯微園本是山東委員，奉命至上海查辦喬子遷冒充山東金礦局總辦招股案，因風聲走漏，辦案不成，見財起義，機械心生，拐了二萬五千銀兩，改名張佐君，到天津充「加士梯洋行」的軍裝買辦，在善後局提調伍太守和督憲之孫的走動下，促成了一筆三十萬的軍裝交易。結果是，十萬兩的訂金經伍太守和孫少大人扣下佣金後，餘則全被洋行買辦俞梅史及洋東孩尼低吞併，然後洋東買辦一齊不見，張佐君才知遭騙上當。文中對官員舞弊和買辦濫取佣金的情形有深刻的描述，那種極其狠心地層層轉加回扣、好處的情景，連久慣官場的魯微園看了都不免要感歎有天沒日了！〔註19〕

〔註17〕《市聲》，頁210。

〔註18〕同前註，頁211。

〔註19〕吳趼人《近十年之怪現狀》，頁101～111。小說中對此次採辦車裝的價錢及佣金的描寫雖不一定屬實，或有誇張之嫌，且終以騙局收場，但仍不乏表現書中官商圖利的手法，其事前分配及後實得情形如下：

原先分配情形	實際情形
洋東原價　十六萬兩	二人共得六萬三千七百兩
買辦佣金——	
洋行買辦　俞梅史一萬兩	
軍裝買辦　張佐君二萬兩	
中人　伍太守一萬兩	三千三百兩
前路孫少大人　十萬兩	三萬三千兩
合計總價　三十萬兩	訂金（總價三分之一）十萬兩

　　除了採辦軍裝的弊病，《官場現形記》第七回到第十回，描寫山東洋務局
文案員陶子堯到上海辦機器，由於陶氏爲人官派，歡喜拍馬屁，又遇上魏翩
仞、仇伍科樂於逢迎，免不了官商互相勾通，二人替陶子堯接洽洋商、辦機
器、出主意，心中盤算的無非是如何從中詐取更多的利益。〔註 20〕洋務派希
望「強兵」「富國」而購買洋槍洋砲，爲振興實業而採辦機器，卻都成了唯利
是圖的商家、買辦，甚至官僚舞弊營私的大好機會，所辦機器、槍械的品質
可以想見。而因與洋商交易，商人、買辦往往仗洋人之勢，以施展其壓迫、
欺詐的手段，商業道德與民族意識在此已喪失殆盡了！

　　靠著洋人或官僚賺錢仍不能滿足這批小人的貪婪慾望，他們對待自己的
同胞才是要「權術」，狠心榨取，在吳趼人的《發財秘訣》裡，寫到買辦陶慶
雲做漢口茶棧時榨取販茶山客的手段：

> 他初到的時候，要和他說今年茶市怎樣好怎樣好，外洋如何缺貨，
> 洋行裡如何肯出價。說得他心動了，把貨捺住，不肯就放手。一面
> 還要向洋行裡說謊話，說今年內地的茶收成怎樣好，山客怎樣多，
> 洋行自然要看定市面再還價了。把他耽擱下來，耽擱到他盤纏用完
> 了，內地有信催他回去了，這邊市面價錢，卻死命不肯加起來。鬧
> 得他沒了法子，那時候卻出賤價和他買下來，自然是我的世界了。
> 〔註 21〕

茶一直是近代中國最主要的輸出品之一，茶農將茶賣給茶販，再由茶棧代爲銷
脫給洋行，買辦的居間哄價、剝削的結果，走投無路的山客，投江、上吊、吃
鴉片的不知有多少，如此一來，茶農「終歲栽植辛勤，不獲一飯之飽」〔註 22〕
的情形就更嚴重了。

　　在一個「利」字便是風氣〔註 23〕的世界裡，人人都想迅速發大財，小
說中所描寫的商場人物抱持的是「狠心致富」的心態，「需知世界上不狠心
的人一輩子不能發財」，〔註 24〕而「商業全是競爭在那詐僞上，不顧一時之
名譽，及將來的危險。」〔註 25〕於是凡利之所在，便有那班逐利之徒在那

〔註 20〕李伯元《官場現形記》，第七、八、九、十回，頁 86～123。
〔註 21〕吳趼人《發財秘訣》(廣雅版)，第八回，頁 49。
〔註 22〕引自聶寶璋《中國買辦資產階級的發生》，頁 140。
〔註 23〕同註 21，頁 1。
〔註 24〕同註 21。
〔註 25〕《新鏡花緣》第九回，《月月小說》第十五號，頁 80。

裡汲汲鑽營，想發洋財的使盡辦法當個買辦；發了財的更念念不忘捐錢納官。那些滑頭掮客摸準這些人的弱點，樂得藉此敲竹槓，訛詐幾個錢花用。江蘇候補府經歷柳采卿發財心勝，湊錢讓兒子去當洋行買辦，結果是未賺取分文卻遭中外流氓串騙，不僅「洋行」倒閉，還虧空了三千銀子；〔註 26〕富商汪步青因地皮買賣，平空發了一筆大財，一心想捐個官，卻碰上好以敲詐取財，專門使人上當的古老三和尚小棠，弄來一張假官照，結果是對簿新衙門，分別監禁、罰銀了事，倒是那些辦案人員藉此發了財。〔註 27〕

追逐利潤是商人生存之道。在晚清的商界中，商人表現出較農、工開通的態度及精明的性格，在變動的社會中亦較能知時善變以達目的。然而商人的這種職業性格在晚清小說作者的筆下，卻呈現出耍手段、騙飯吃的醜陋面貌。所謂「掮客飯是滑頭吃的」，〔註 28〕「做了個人，并非不該吃飯的，可恥的是騙飯吃，中國騙飯吃的人太多了」。〔註 29〕各種滑頭買賣，無非是投時所好，抓住消費者心理，貪圖的只是一時的利益。晚清時期鴉片吸食的問題嚴重，煙館到處林立，吸煙人口眾多，遍佈各個階層。「官署上下幾於無人不吸。公門之中，幾成煙窟。」〔註 30〕不論是因病而吸食鴉片治療，或出於好奇、自暴自棄，甚至為虛榮而吸食者，〔註 31〕都有害於個人、家庭及國家。社會風氣之敗壞莫此為甚。因此「戒煙」亦成為社會之重大問題。「戒煙丸」成了報上廣告最時髦的東西，〔註 32〕因此也有人打著「戒煙善會」的招牌，販賣「戒煙丸藥」，其丸藥不過是以嗎啡摻雜其中，「兩塊錢的本錢也沒有，不過騙碗飯吃吃罷了。」「如今世上賣戒煙藥的，越靈越有嗎啡煙土。」〔註 33〕以嗎啡戒煙，無異調換一種更屬害的毒藥而已。只是「丸藥的名聲，總比吃大煙好聽」，商人胡鏡孫更狡滑地說道：

〔註 26〕 吳趼人《二十年目睹之怪現狀》，第四十四回，頁 445～446。

〔註 27〕 《市聲》，第二三、二四、二五回，頁 173～184。

〔註 28〕 《市聲》，第三四回，頁 249。

〔註 29〕 《市聲》，第三三回，頁 239。

〔註 30〕 徐珂《清稗類鈔》卷十二，頁 85〈公門為煙窟〉。

〔註 31〕 林滿紅〈清末本國鴉片之替代進口鴉片〉（中央研究院近代史研究所集刊，第 9 期，民國 69 年 7 月），頁 424。

〔註 32〕 《市聲》，第二九回，頁 204。

〔註 33〕 《官場現形記》，第二一回，頁 306；八寶王郎《冷眼觀》（廣雅版），第八回，頁 92。

　　大人要戒的是煙，只要煙戒掉就是了，別的卑職亦不能管。〔註34〕
雖其戒煙丸藥封袋上都明刻著「如以嗎啡害人，雷殛火焚。」十字，無疑地
正是作者有意的嘲謔諷笑，傳統商人「誠信」的原則，在此遭到極大的破壞
而瓦解。

　　不實的商品配合誇大的廣告，充斥著當時的商場；再加上合夥經營的過
程中，彼此包藏心機，侵佔、倒帳的情形比比皆是，不僅口說無以爲憑，連
合同也興作廢，商界已毫無倫常可言。錢伯廉與西洋醫家胡文生合伙做止咳
藥水的買賣，分紅時險遭胡文生吞併，平日以浮滑行徑闖蕩商場的錢伯廉，
此番也痛恨地罵道：

　　　這回碰著了強盜一般的人，那裡有什麼話合他講，還說西洋回來，

　　　都是文明的，原來還不及我們做買賣的人。〔註35〕

類似的情形亦可見於《二十年目睹之怪現狀》第五十五回，富而不仁的荀鶯
樓，靠賭博起家，後又運動了官場，包捐剝削了不少錢，和留西醫士關健模
（譯自洋名 Jame）合夥在廣東沙基經營西藥房，開張後才知道一瓶瓶的藥水
全是一瓶瓶的清水；訂單也都是假造的；存十萬銀子的匯豐存摺不過是一本
外國人的日記簿，至於棧房裡的存貨，全是一箱箱的磚頭瓦石，而醫士已不
知逃向何處了。〔註36〕荀鶯樓靠剝削來的錢如此遭騙失去，是會令讀者拍手
稱快的，所謂「悖入自應還悖出」，〔註37〕但學醫出身的關健模，設此騙局捲
款而逃，亦爲利令智昏之怪現狀之一。

　　當人與人的關係只是赤裸裸的金錢關係時，傳統的倫常觀念則趨近於崩
潰，血緣之情與朋友之義在金錢世界裡受到極大的逆轉，於是錢伯廉的內弟
王小興訛錢、倒帳走南洋；〔註38〕花雪畦的避窮「朋友」魏又園借錢；〔註39〕
周仲和慨借三千銀子給錢伯廉，如此「講交情」的「知己」，周仲和卻是「一
本十利」，利息照算不誤；〔註40〕刁邁彭處心積慮地取得上司的信任，無非是
爲其往後敲詐、拐騙、吞沒張守財財產的資本，當張家家敗人亡在他手中時，

〔註34〕同前註，頁 302。
〔註35〕《市聲》，第七回，頁 56。
〔註36〕《二十年目睹之怪現狀》，第五五回，頁 501～504。
〔註37〕同前註，結尾詩，頁 504。
〔註38〕《市聲》，第八回～十一回；頁 61～87。
〔註39〕《發財秘訣》，第九回，頁 55～57。
〔註40〕《市聲》，第五、六回，頁 36；47。

刁氏竟還說得出「朋友原有通財之義」的話，眞是把刁邁彭的陰險、奸滑的性格刻劃到核心裡去了。〔註41〕

這一幕幕商場的訛詐、騙局交織而成的，是一個價值顚倒、道德曖昧、是非混亂的世界，傳統的法則規範及章法禮俗，在這裡反而顯得扞格不入。對兄弟有義、對朝廷盡忠、對社會行善的冷雁士，在不願同流合污的情況下，只有選擇退隱一途。〔註42〕這種反諷的意味和悲觀的氣息，使讀者處於進退兩難、哭笑不得的位置，形成一種特殊的美學風貌及閱讀效果。〔註43〕

在晚清風雨飄搖的時局下，商人精明世故的職業性格很少獲得晚清小說作家的青睞，反而頻見其貪欲、虛僞、奸詐、陰險等卑劣性格及重利輕義、背倫滅理等行徑的刻劃。然而相信並非所有的商人皆只知孳孳爲利，毫不受道德觀念的約束，但由於一般人對「商人」的刻板印象及商人傳統的地位不高，加上小說作者爲指謫或強調某些醜陋的行爲，就有意濾去某個層面的角色，或孤立小說人物的性格，以加強傳達上的效果。小說作者所欲指摘的當不只是商場人物的狡滑、奸詐，並且包含了事件背後的社會制度或風俗習氣，以及交織成商界種種騙局、騙術的人性弱點及人性醜惡面。

第二節　官商的勾結

在晚清小說中所見的商場種種訛詐、騙局，普遍摻雜著官商勾結的成分，其間又與買辦階級有極大的關聯，「市聲」裡寫軍裝買辦單子蕭、盧茨福等，呈現的即官商之間徇私舞弊的種種內幕。關於商人與官吏勾結的情形，在《金瓶梅》中即見具體的描寫，西門慶不但勾結官吏、偷稅漏稅、營私舞弊，而且一般商人還借他作護符，賺內廷的錢。〔註44〕乾嘉以來，南方海運開通，中外貿易由廣東公行獨佔，在以海關和洋行爲題材的《蜃樓志》中，我們看到粵東洋行買辦與地方官吏間的勾結與衝突。〔註45〕隨著鴉片吸食的盛行，

〔註41〕《官場現形記》，第四八回～五一回。

〔註42〕《發財秘訣》，第十回，頁62～66。

〔註43〕參考王德威《從劉鶚到王禎和——中國現代寫實小說散論》，頁 62；65～76。

〔註44〕吳晗《金瓶梅的著作時代及其社會背景》，收入氏著《讀史箚記》，參閱頁31～37。

〔註45〕王孝廉〈蜃樓志——清代譴責小說的先驅〉，收入氏著《神話與小說》，參閱頁277～282；蔡國梁〈譴責小說的先聲——蜃樓志〉，收入氏著《明清小說探

更有商人勾結關胥，私運鴉片以獲暴利的。〔註46〕這種官吏需索受賄與商人攀附特權尋求政治保護的官商不正常關係，在晚清腐化的政治社會體系中及西力的衝擊下有更繁複的發展。

　　清朝的官制由於捐納制度的浮濫，助長了吏治的腐敗及貪風的熾盛，透過小說，作者對於官場的腐化弊端及官吏的貪慾行為，毫不留情地加以揭露抨擊。官吏貪風的熾烈，究其原因，除了出於人性慾望的驅使外，奢侈的排場與靡華的生活；官場陋規與應酬逢迎的龐大開銷；官親幕僚的依賴仰合〔註47〕等，亦是造成貪風盛行的客觀因素。《孽海花》第二十一回，龔尚書云：

> 那般王公貴人，雖然身居顯爵，卻都沒有恆產的，國家各省收來的庫帑，彷彿就是他們世傳的田莊。〔註48〕

由於薪俸不足以滿足其貪婪的慾望及支持其龐大的開銷，貪官贓吏便勞心巧思地圖謀不法之財。而「商務」又為利源所在，本就弊寶易乘，加上許多官員缺乏經濟知識，對經濟事務表現了消極的態度，不免流於傳統輕商的習性，於是在處理商務事件中，對商家的壓搾、需索便被認為是理所當然的事，「外國的官專以保商為重，不比中國官場，是專門凌虐商人的。」〔註49〕

　　清廷自光緒二十四年（西元1898年）設「農工商總局」後，發佈了各種「體察商情，盡心保護」、「不准刁難需索」的諭令，〔註50〕可知當時地方官吏及劣紳莠民對商人需索刁難的普遍。《官場現形記》中的地方知縣梅颺仁對朝廷令地方提倡商務，與商人開誠布公，使商情得以上通的文書，認為重在「地方有事，商為輔助」，而視為向商人捐錢的憑證，捐得的款項不過趨炎附勢地辦些可得維新之名的事，作為自己進身的階梯。〔註51〕

　　地方奉旨開學堂、設機器局，或認派的賠款等，所需款項無出，往往向商賈硬捐，地方官吏為增益捐款以利其升官發財，於是廣設局卡、橫徵強索，民不堪其擾而有上控的，如《官場現形記》第二十四回所述；〔註52〕甚而引

幽》。
〔註46〕彭養鷗《黑籍冤魂》（廣雅版），第四回，頁15。
〔註47〕鐘越娜《晚清譴責小說中的官吏造型》（東海大學中文研究所碩士論文，民國66年5月），頁38～39。
〔註48〕曾樸《孽海花》（廣雅版），第二一回，頁229。
〔註49〕李伯元《官場現形記》，第九回，頁115。
〔註50〕參閱劉錦藻纂《清代續文獻通考》，卷三百九十一《實業考十四商務》。
〔註51〕《官場現形記》，第五四回，頁845、846；五五回，頁851。
〔註52〕同前註，第二四回，頁322、323。

起人民抗捐、商家罷市的，如《文明小史》第七、八、九回的描寫。〔註 53〕
不論是貪官污吏對商人的需索，甚至清末的釐金制度的病商，皆不離傳統重
本抑末的觀念。在這樣的環境下，商人難有獨立的地位，只有倚賴官員的個
人恩惠，及透過各種私人關係尋求行賄的途徑，以取得官僚的政治保護，這
種趨勢更加深了政治社會的腐化。

　　在傳統商人中，城市的商人雖不乏「在商言商」的逐什一之利者，但由
於與官吏、駐屯軍隊交易，尤有勾結官吏的情形，《二十年目睹之怪現狀》第
十四回，即揭露了南洋兵船管帶者如何與上海供應兵船物料的舖家勾結，營
私舞弊，領了一百噸的煤價卻只買二三十噸的煤，七八十噸的價都由官商吞
沒了。幾年下來，管帶的無不個個席豐履厚、貪生怕死，軍隊無能腐敗，昭
然若揭，吳趼人對於貪污受賄的風氣及因循陳腐的吏治毫不保留地加以披
露，卻也流露出無奈沈痛的語調：「只要不另外再想出新法子來舞弊，就算是
個好人了！」〔註 54〕

　　捐納制度是造成晚清官僚貪污腐敗的淵藪。清末捐納之興，不外因為軍
需、河工、營田、賑災四事，咸、同以後，龐大的財政壓力使得「捐納更成
市易，不可收拾。」〔註 55〕「仕途龐雜，以官為業，操奇計贏，吏治可知。」
〔註 56〕於是「統天底下的買賣，只有做官的利錢頂好。」〔註 57〕既然是花錢
買官，當然希望能連本帶利的收回，時人文廷式即指出大多數捐納者的心理
及處境：

> ……輸財之時，已預計取償之地，而入仕之後又每為士論所輕，此
> 其心欲效忠於國者，蓋十無一二焉，其餘則竭智盡力以謀自利而已。
> 〔註 58〕

如此一來做官的像做生意，官場猶如商場，吳趼人即藉著書賈之語批評道：

> 那捐班裡面，更不必說了，他們那裡是做官，其實也在那裡同我此
> 刻一樣的做生意。他那牟利之心，比做買賣的還利害呢！〔註 59〕

〔註 53〕李伯元《文明小史》（廣雅版），第七～九回，頁 56～59；67～73。
〔註 54〕《二十年目睹之怪現狀》，第十四回，頁 118～119。
〔註 55〕許大齡《清代捐納制度》，頁 21～22。
〔註 56〕蕭一山《清代通史》，頁 1607。
〔註 57〕《官場現形記》，第六十回，頁 940。
〔註 58〕文廷式《文廷式全集》，第二冊，頁 29～30。
〔註 59〕《二十年目睹之怪現狀》，第二二回，頁 187。

愈居高位操實權者，愈是賣官鬻爵，貪圖賄賂，「拿官當貨物，這個貨只有皇帝有，也只有皇帝賣。」〔註60〕李伯元與吳趼人不謀而合地將官場譬喻成商場，刻劃出當時買賣官缺的種種行徑，「誰有銀子誰做」〔註61〕即稱得上是「公平交易」。〔註62〕

在「政治權利商品化」〔註63〕的情況下，不僅公然買賣交易，更有主動設立行賄途徑，大開方便之門，華中堂為了賣官鬻爵，開了一家古董舖，讓求官買職者可以透過購買古董來行賄。〔註64〕朝廷顯官且如此，其他大小官吏的貪婪攫取便可以想見。這種貪官賣缺的經手人常常是票號掌櫃，如《官場現形記》的倪二先生、裕記票號二掌櫃、北京錢店掌櫃黃胖姑，《二十年目睹之怪現狀》的憚洞仙。由於捐納制度的盛行，促使清末票號與官吏的勾結，票號不但包攬常捐，代辦代墊捐納和印結，並幫忙打聽「實官」消息。在票號的支持下，官僚既可獲得高官厚祿，個人私款、賄賂的橫財又有了藏存的保險櫃；票號則不僅取得了大量公私款項的存放，擴大了營運資本，且取得了官僚的政治保護。二者關係密切，互為利用。〔註65〕於是錢莊、票號和官僚資本結合是常有的事，晚清富賈胡光墉的錢莊事業便是類此起家的。胡氏出身寒微，是個小錢店的學徒，與一個候補知縣往來甚密，並從店裡偷了二百銀子以救候補知縣之急，因而失業，流離浪蕩了好幾年。

> 碰巧那候補知縣得了缺，便招呼了他，叫開個錢莊，把一應公事銀
> 子，都存在他那裡；他就此起了家。〔註66〕

又《官場現形記》中的徐州知府萬向榮，到任之前已很有貪贓的名聲，便將以前的積蓄及到任規費等存在莊上，還為利息討價還價。齊巧這年年成不好，錢莊本有點轉運不靈，由於萬氏的催逼提取，風聲一傳出，人人競往提現，頓時弄得錢莊倒閉，萬太尊只得以「奸商虧空鉅款」的罪名拿人，然終究無法收回其全部悖入的款項。〔註67〕

〔註60〕同前註，第五十回，頁459。
〔註61〕《官場現形記》，第四回，頁45。
〔註62〕《二十年目睹之怪現狀》，第五回，頁45。
〔註63〕陳寬強《清代捐納制度》（政大政治研究所博士論文，民國57年），序文。
〔註64〕同註61，第二四、二五回。
〔註65〕參閱孔祥毅〈山西票號與清政府的勾結〉（中國社會經濟史研究，1984年3月號），頁2；6。
〔註66〕同註62，第六三回，頁574。
〔註67〕同註61，第四七回，頁718〜719。

此外，私營錢莊、當鋪更是官僚投資高利貸的主要形式，李伯元就嘗藉馮主事之口批評北洋大臣孔公釗道：

> 聽他那幾句話兒，分明說新政不是，又道學堂無益，總而言之，怕出錢是眞的。我們濰縣還有他兩爿當鋪，倒說做官清正。封疆大員尚且如此，還有什麼指望呢？〔註68〕

票號與官吏關係的發展，促使票號迅速成長，並有進一步成爲清廷的財政支柱之勢，其中最著名的例子便是浙江商人胡光墉，《胡雪巖外傳》云：

> 當日國家收還伊犁，俄人多方狡展，關內外防營需餉孔殷，協借迫不及待；旋又議給伊犁守費，餉力愈難；而山右陝豫各省卻當荒旱，西征之餉幾難爲繼，三次均經胡公一手措借華洋商款，至千二百五十餘萬之多。〔註69〕

胡光墉的主要事業是經營銀號，在上海、杭州、京城、鎭江、寧波、福州、漢口等地開設阜康票號，並與政府結合，特別是與左宗棠關係密切，左氏有關外債、軍火等項，非胡氏莫舉。〔註70〕小說對於胡光墉與文武官宦、各國洋人的往來有所著墨，只憑胡雪巖的一紙名片即可叫縣衙放人，亦可見官府與富商間如何聲氣相通。〔註71〕

商人爲了取得政治保護，在共同的利益基礎下與官僚結合，而在捐風盛行的當時，商人直接捐納報效，實取官銜和封典的情形也很普遍，以胡光墉而言，亦是捐官候補道員。商人捐官的動機，雖不乏「以官爲市」將本求利者，主要還是爲提高社會地位、取得政治特權，李伯元分析捐班官吏的出身爲三等，其中次等即指商販，既可顯親揚名，也可避免官吏層層需索。〔註72〕商人可以靠捐納而躋身官僚行列，便容易形成官商角色混淆的情形，如此一來，官商的關係就更趨密切。

中國官商的非正常關係在西方資本主義入侵後，便有買辦階級的產生加

〔註68〕《文明小史》，第三一回，頁252。

〔註69〕大橋式羽《胡雪巖外傳》（廣雅版），頁2。

〔註70〕參閱《左文襄公全集》卷一、十一、十九、二十、二四、四六、五十、五二、五三、五八；阮文達〈左宗棠與財神胡光墉〉、易大軍〈左宗棠與胡雪巖〉，收入朱傳譽主編《左宗棠傳記資料》第二冊，頁183～190。

〔註71〕《胡雪巖外傳》第十一回寫胡府老太太慶壽，各品文武職官、各莊鋪號友、七國洋人、衙局朋友、列錢賬征書教、吏戶禮兵刑工書吏、釐局司事等等，皆分批分日來作賀。見頁57～58；及第五回頁18～19；第十回頁51。

〔註72〕《官場現形記》，第二十回，頁287。

入。外商洋行在爭取官方交易，特別是軍火買賣及貸款等經濟侵略活動時，尤其需要買辦人物的中介，出現在《市聲》裡的買辦便是扮演這樣的角色（詳見前一節），又如《文明小史》裡的白趨賢，是得法洋行的軍裝買辦，對將赴安徽任撫臺顧問的勞航芥，攀親託熱的百般趨奉，又替勞氏介紹相好、擺酒應酬，無非是想託勞航芥到安徽之後，替他包攬一切軍裝買賣，以及鐵路用鐵、銅元局用銅，其洋行皆可包辦。除照例扣頭外，定同洋東說了另外盡情。〔註73〕一個新洋行成立後，便需到善後局、洋務局、製造局、東局、關道、府縣等處拜會，以為將來應酬地步也是買辦的工作。〔註74〕在帝國主義者大賺，買辦小賺，承辦官吏中飽的情形下，買辦所扮演的角色實已超越中間商的意義，且助長了帝國主義與官僚系統勾結。

買辦階級的發展除了憑藉外來的侵略勢力外，並勢之所趨地與官方結合。在洋行中常有專門應酬中國官員的專人，〔註75〕《市聲》裡的軍火買辦單子肅可以說是典型的此類人物：

> 五品銜候選知縣出身，買泖洋行因他合官場聯絡，特地訪請的。每
> 月薪水銀三百兩，訂定合同，一切應酬費用都歸洋行裡貼補。〔註76〕

不論是先具備功名再受顧於洋行，或是先有買辦身分又復側身於官位，皆不是個別現象，至於洋行買辦捐官納銜者就更不乏其人了。〔註77〕

晚清的官商關係還由於工業化運動中的「官督商辦」制度，而有進一步的發展。關於官督商辦制度形成的背景及其所發生的弊端，前已略有說明（詳見第二章第一節）。就晚清的環境而言，不論是政治、法律或其他層面上，「官督商辦」的經營形式不失為一切合時代需要的構想，不幸的是官員們視督辦的企業為利藪，甚而有強奪民營利權的。

> 倘用官督商辦的法子，大家湊些股分，前往接辦，定是一樁發財的
> 買賣。〔註78〕

而承辦商人也只強調個人的利益，因此在工業化的過程中卻滋生了官商間的

〔註73〕《文明小史》，第四七回，頁377。
〔註74〕《近十年之怪現狀》，第十五回，頁104；郝延平"The Comprador in Nineteenth Century China : Bridge between East and West"，頁75。
〔註75〕郝延平前引書，頁165。
〔註76〕《市聲》，第二六回，頁186。
〔註77〕光緒二十六年左右，在四十位著名的上海買辦中，至少有十五位是候補道台，見郝延平前引書，頁184。
〔註78〕無名氏《官場維新記》，第六回，頁34、35及第十四回，頁88。

不正常關係。

　　官方經營的實業本已積弊極深，小說家吳趼人年輕時曾於江南機械製造局任抄寫之職，〔註 79〕所見所聞既多，在《二十年目睹之怪現狀》中對製造局內幕的揭發不遺餘力。他指責總辦「百事不管，天天只在家念佛」，「別的事情不懂，一味地講究節省，……其實是沒有一處不靡費」，局內人員上下勾結舞弊，以公家材料製造私貨，盜賣局內物料等等，議價處更是百弊叢生，官商聯絡一氣，種種把持、傾軋、賄賂、阿諛的現象不足爲奇，

> 官場中的事情，只准你暗中舞弊，卻不准你明裡要錢。……拿了這個規矩的佣錢，他一定要說是弊，不肯放過。單立出些名目來，自以爲弊絕風清，中間卻不知受了多少矇蔽。〔註 80〕

此外，吳趼人更暴露了銀元局總辦如何把持謀利的情形，以及輪船招商局漢口分公司總理爲巴結督辦，卻浮開報銷，吳趼人歎言：

> 爲我國集資實業一慟，固不僅此公司爲然也。〔註 81〕

　　官方參與的事業又往往「不能昭大信而服商人」，〔註 82〕對中國工業的發展產生了相當嚴重的阻礙，

> 甚麼煤礦局，甚麼鐵礦局，起初的時候，莫不是堂哉皇哉的設局招股，弄到後來，總是無聲無臭的就這麼完結了。……總逃不出「辦理不善」四個字之範圍以外。……倘使我們股分招得好，也樂得不要官款，免得事事掣肘。〔註 83〕

　　就純粹商辦的諸項企業而言，因其中包含有「官僚資本」，亦引起不少複雜糾纏的問題。許多官辦、官督商辦或商辦的企業，甚至最後全部歸官僚資本所控制，對中國經濟的長足發展有著鉅大的腐蝕作用。〔註 84〕

　　藉著清廷興辦洋務的需要，許多買辦人物因而驟登仕版，由一種經濟勢力上升爲一種政治勢力。買辦商人想藉官方扶持的優勢條件來牟利；政府也想藉買辦商人的資本、知識與技術來推動中國近代工業的發展，這本是一個

〔註 79〕《小說家吳趼人傳》，收入小橫香室主人編《清朝野史大觀》，頁 50。
〔註 80〕《二十年目睹之怪現狀》，第二九回、三〇回；六二～六三回，頁 251～261；頁 569～574。
〔註 81〕同前註，第九四回及第五一～五二回。引文見頁 479。
〔註 82〕鄭觀應《易言》，旁引自劉廣京〈鄭觀應易言——光緒初年之變法思想〉（清華學報八卷一、二期，民國 59 年 8 月），頁 405。
〔註 83〕《近十年之怪現狀》，第三回，頁 18。
〔註 84〕李恩涵《晚清的收回礦權運動》，頁 293～294。

官、商相互利用、共享其利的構想。然而在這個過程中，官與商卻常藉著非經濟的手段，如政治力量來謀取私人的利益。〔註85〕在政治與經濟沒有一定的界線及列強資本主義入侵的情勢下，官僚資本與買辦資本的出現與結合成了必然的產物，〔註86〕因而真正獨立的資產階級便很難產生了。

第三節　應酬的習氣

《市聲》裡嘗明言：

> 上海堂子裡有絕大的世界，一切實業商務，都在其中發達。〔註87〕

吃喝嫖賭成了進入商場的「必要條件」，而吃花酒、碰和、作倌人也幾乎成了商場人物的生活重心。自鴉片戰爭後，隨著沿江沿海工業的發達，娼妓事業有與之並進之勢，甚而產生「開設妓館，以興商務」的官妓制度。〔註88〕在這種風氣之下，也產生了專門描寫娼妓的小說，如《海上花列傳》、《九尾龜》、《青樓夢》等等，對上海堂子甲天下的情況多所描寫：

> 上海一埠，自從通商以來，世界繁華，日新月盛，……福州路一帶，
> 曲院勾欄，鱗次櫛比。一到夜來，酒肉薰天，笙歌匝地，凡是到了
> 這個地方，覺得世界上最要緊的事情，無有過於微逐者。〔註89〕

每逢國家有變故，而海上北里繁盛，益倍於從前。同治初年，太平軍興亂之際，上海便成了富賈巨室避難麕集之地，不但使上海越發富庶，吸食鴉片、賭博及官吏狎妓邀遊的風氣更盛行其間。〔註90〕光緒初年，租界的工商日益發達，更成了娼妓群居之所，同光年間的上海知縣陳其元在《庸閒齋筆記》中載道：

> 夷夏揉雜，人眾猥多，富商大賈及五方游手之人，群聚雜處。娼寮
> 妓館，趁風駢集，列屋而居，倚洋人為護符，吏不敢呵，官不得結，……
> 蓋有名數者，計千五百餘家，而花煙館，及鹹水妹、淡水妹等等，

〔註85〕張維安〈買辦商人與中國近代工業發展——以輪船招商局為例〉（食貨月刊，十六卷九、十期，民國76年2月），頁60～65。
〔註86〕參考王亞南《中國經濟原論》，頁260。
〔註87〕《市聲》，第二九回，頁210。
〔註88〕八寶王郎《冷眼觀》，第二回，頁15。
〔註89〕李伯元《海天鴻雪記》，第一回，引自阿英《晚清小說史》，頁170。
〔註90〕《歷代娼妓史》（筆記小說大觀七編），頁5800～5802、頁5811～5814。

尚不與焉。〔註91〕

具體地呈現出沿海城市的畸型繁榮，於是：

> 久而久之，凡在上海來來往往的人，開口便講應酬，閉口也講應
> 酬。……這些人所講的應酬，與平常的應酬不同，所講的不是嫖經，
> 便是賭局。〔註92〕

因而聲色犬馬的靡爛習氣也充斥著晚清的商界。

　　上海的嫖客不外乎官與商，其間的種種醜態已歷歷呈現在晚清小說作品中，〔註93〕《九尾龜》的作者便借著嫖界的名目「談笑罵官商」，直指官商兩途的醜陋面貌。〔註94〕甚至有買賣官照做為嫖妓護身符的，〔註95〕朝廷名器如此用法實為末世社會現象。連與妓女交往都成了鑽門路的捷徑，因為「最有聲勢的顯宦無不與妓女相識，趨奉了妓女，就可以托那些妓女代為陳說苦處、謀委差使。」〔註96〕而連最講究維新的大人先生們，也無不個個把花酒當作便飯，堂子當作公館，「不到這些地方去走走，也不曉得男女平權的道理」，〔註97〕這種假維新的人物，其實內心卻是最腐化的。

　　不僅私生活如此，連朝廷公事都在堂子裡進行，

> 我們應酬多，一年三百六十日，差不多三大憲上司衙門裡的幕友，
> 倒有三百五十天在釣魚巷做議政廳。〔註98〕

官場商討政事如此，商場談生意亦如是，《市聲》裡的商場要角，其生活起居不外周旋於酒局、和局及煙舖之間，其謀生交易亦不例外，錢伯廉找范幕蠡、周仲和、張老四合夥收購繭子，從結識到起念、付諸行動，前前後後無不在堂子裡進行。〔註99〕因此「上海買賣，全靠堂子裡應酬拉攏。」〔註100〕不但談交易如此，連朋友也是靠拉攏來的：

〔註91〕陳其元《庸閒齋筆記》（筆記小說大觀），卷十，頁7。

〔註92〕《二十年目睹之怪現狀》，第一回，頁1。

〔註93〕據阿英《晚清小說史》第六章載，雲間天贅生有《繪圖商界現形記》十六回，主要描寫商場與妓院，今未見其書。

〔註94〕張春帆《九尾龜》（廣雅版），第二六回，頁189～191。

〔註95〕同註92，第七五回，頁696～698。

〔註96〕《新鏡花緣》，第十二回，《月月小說》第二十三號，頁112～113。

〔註97〕無名氏《官場維新記》（廣雅版），第三回，頁20。

〔註98〕同註88，第二回，頁14。

〔註99〕《市聲》，第三、四、五、六回。

〔註100〕同前註，第十回，頁83。

> 上海的朋友不比別處，只要會拉攏，一天就可以結交無數新朋友，
> 十天八天下來，只要天天在外頭應酬，面子上的人，大約也可認得
> 七八成了。〔註101〕

上海面子的朋友不外是在堂子裡拉攏來的，而「朋友」也不過是用來在四馬路應酬的。

晚清的商場，不僅官商角色界線不明，二者的公私生活亦是混淆不清的。官吏參與企業的督辦時，往往將官場陋習、排場應酬帶入企業中，場面上的應酬成了招商入股的方式，

> 天天的大菜、馬車、戲園、妓館，場面撐得極闊，大話說到塌天，
> 自然有人拿了現銀來入股了。〔註102〕

此外，招商局一年單是上下水應酬倌人的免票竟有一萬多張，連一個普通倌人都能討到官艙的免票，其餘的時髦先生可想而知，無怪乎「招商局生意每年折本」。〔註103〕

而商人為了爭取交易與權利，亦無不以逢迎、交際的手段籠絡官員，於是：

> 上海的生意，十成當中，倒有九成出在堂子裡，你看來往官員，那
> 一個不吃花酒，不叫局？……要辦機器，就要找到洋行。這些洋行
> 裡的「康白度」那一個不吃花酒？……他請你，一半是地主之情，
> 一半是拉你的買賣。你請他，是要勞他費心，替你在洋人跟前講價
> 錢，約日子。〔註104〕

這種表面上看來是省錢省時的方式，暗地裡的侵蝕浪費、欺騙訛詐才是無法無天。因此，經常出現在小說中的便是：採辦機器或軍裝的官員一到上海，商賈、買辦無不鑽頭覓縫地兜攬生意，今天這個請吃大菜，明天那個請坐馬車，花酒、碰和無所不至，《市聲》裡的陸裏生、魯仲魚，《官場維新記》裡的袁伯珍，莫不如此。

縱觀商界此種應酬習氣的形成，無疑是極端消費、享樂社會的產物。這種消費享樂的社會正好是提供商場人物腐爛生活的溫床，而商場人物的腐爛生活更加深了社會的腐爛習氣。帝國主義勢力的介入，也助長了此一現象的

〔註101〕《文明小史》，第四八回，頁383。
〔註102〕《官場維新記》，第六回，頁37。
〔註103〕《冷眼觀》，第十四回，頁174。
〔註104〕《官場現形記》，第七回，頁89。

畸型繁榮，上海便是一個外國勢力入侵中國的櫥窗，許多工商業因此繁榮，許多人因此成了暴發戶，晚清小說的商界現象許多便是上海經驗的呈現。上海的商界不僅具有地域色彩及租界特色，亦足以做爲晚清小說中的商界現象表徵，然而其現象卻是非正常的，甚至是靡爛的。原本即不甚健全的商人性格，在從重農輕商的傳統走入資本主義工商社會的過程中，不僅表現得左支右絀而無法自行生長茁壯，並且在半殖民半封建的社會裡，由於封建社會的腐化加上資本主義社會的極端，產生更惡劣的現象，於是「吃喝嫖賭、吹哄嚇詐騙、諂富驕貧、欺善怕惡」便是這個社會的特色。商場可以說是這個社會的縮影，而堂子更是呈現人性七情六慾的淵藪，在應酬雜遝的聲音裡及煙味彌漫的空氣中，許多勾搭心計、招搖撞騙的行徑都或明或暗地流動其間，在這種邪惡氣氛的營造裡，人失去了道德原則、失去了理想目標，而晚清小說作者所要揭露的，正是此一風俗敗壞下的社會中種種貪婪慾望驅使下的人性。

第三章　晚清小說中所反映西力衝擊下的商界

第一節　崇洋懼外的心態

晚清以來，西方的衝擊確實是形成「三千年未有之變局」的主要力量，不論是政治、社會、經濟、文化各方面，不僅造成傳統與西方的衝擊，同時傳統也衝擊著傳統，中國所面臨的變化幅面及速度正是史無前例可循的。這種挾持著船堅砲利而來的衝擊，使得中國無法從容適切地調整內部結構以適應外在環境，因而產生了許多不協調甚至失「常」的現象。

自鴉片戰爭以降，清廷一再受挫於列強的種種侵略，當時中國的官場，本就積習已久，弊端百出，又由於中西交涉的連連挫敗，以往天朝的自大自尊便轉變爲極度的自卑，「怪他們不得，總是我們國家太弱了不好。」〔註1〕爲官者的意識裡充滿著失敗主義，對外人抱持著恐懼、諂媚、依賴的心態，只要是個外國人，甚至「只要看見一個沒辮子的，那怕他是個外國化子，也看得他同天上神仙一般」，〔註2〕便盲目地畏懼、屈服、討好。官吏的昏昧無知、自私自利，在中西的接觸中更是原形畢露，這種種醜陋現象不僅直捷地反映在小說作品當中，更累積成小說作者心中的無力感，吳趼人就嘗藉「九死一生」語歎道：

> 我們和外國人辦交涉，總是有敗無勝的。自從中日一役之後，越發被外人看穿了。〔註3〕

〔註1〕《市聲》，第二八回，頁200。
〔註2〕《二十年目睹之怪現狀》，第三十回，頁258。
〔註3〕同前註，第八四回，頁780。

《市聲》的作者則更直指官僚的腐敗性質是打從「娘胎」裡帶出來的，〔註4〕可以說是對國家的失敗所做最沈痛的指陳。

平日依附於專制體系下因循苟且的官吏，在清廷屢戰屢敗及外人強勢的侵襲之下，不僅顯得手足無措，甚至失去了做人的信心，呈現出怵外、媚外的洋奴心態。義和團變亂後，民族的尊嚴更是喪失殆盡。平時對屬下、人民是威風凜凜、驕橫欺凌，而一聽到「洋人」便驚惶失色，《官場現形記》中的江南制臺文明便是一個集媚外醜態於一身的典型，他寧可讓洋人在地方上開玻璃公司，進行經濟侵略，而自己的百姓死了一百個也不要緊，絕不肯批評洋人一個字，如此怎持平處理糾紛呢？李伯元透過人物的對話，刻劃出文制臺懼外、怕事的心態，對於地方百姓為維護正義所爭回來的權利，他反而要感到害怕、懷疑，因為這是違反他一向辦交涉的「常態」。〔註5〕這種自卑、怕事心態的極端，便是只知貪圖己利，將個人的利益置於民族利益之上，甚至失卻了民族、國家、人民觀念，於是瓜分之禍無關乎痛癢，

> 台灣一省地方，朝廷且拿他送給日本，何況區區一座牯牛嶺，值得什麼？將就送了他罷！況且爭回來，又不是你的產業，何苦呢？〔註6〕

總理衙門的大臣尚且如此，下僚的心態更可想而知，地方知縣梅颺仁更安逸地說道：

> 將來外國人，果然得了我們的地方，他百姓固然要，難道官就不要麼？沒有官，誰幫他治百姓呢？所以兄弟也決計不愁這個。他們要瓜分，就讓他們瓜分，與兄弟毫不相干。〔註7〕

不僅寫出為官者毫無國家意識，實亦呈現出這批官吏的奴僕性質，帝國主義的入侵對這群人非但無絲毫影響，反而在對朝廷力量失望之際，找到了另一個強而有力的依靠，官場人「大約只要巴結上外國人，就可以升官的」，〔註8〕粵海關庫書更堂哉皇哉地說道：「我是向受外人保護的……中國沒什麼是益我的。」〔註9〕從懼外到媚外，晚清的庸官更一步步走上與帝國主義勾結的道路。

面對外力的入侵，首當其衝的便是晚清的商業界，商業也成為關係著中

〔註4〕同註1，第三一回，頁219。
〔註5〕《官場現形記》，第五三回，頁828～829；832～834。
〔註6〕同註2，第八五回，頁782。
〔註7〕同註5，第五五回，頁848。
〔註8〕同註2，第六七回，頁615。
〔註9〕黃小配《二十載繁華夢》(廣雅版)，第二八回，頁201。

國本身命脈的商務問題，然而商界不僅深受官僚崇洋媚外心態的影響，並且表現得有過之而無不及，許多商人很快地適應這個社會的「新秩序」，甚至在不知不覺中被帝國主義者牽著鼻子走後，還要說出一些「飲水思源」感激外人的話，〔註10〕正因為經濟的侵略是非武力的，其力量便顯得無孔不入而不易被察覺，李伯元藉著顏軼回道：

> 他們現在舉行的，是無形的瓜分，不是有形的瓜分，……專在經濟
> 上著力，直要使中國四萬萬百姓，一個個都貧無立錐之地，然後服
> 服貼貼的做他們的牛馬，做他們的奴隸，這就是無形瓜分了。〔註11〕

　　商場人物中最典型的媚外者便是買辦。買辦崛起於近代中國，是資本主義強權國家入侵落後國家的特殊產物（詳見下一節）。由於買辦的職務是中西之間的媒介人，和外人有直接而廣泛的接觸，便容易給人產生一種崇洋媚外的印象。小說中慕洋人、仗洋勢的言行往往出現在買辦人物身上，吳趼人即沉痛地指出買辦的媚外性：

> 那班洋行買辦，他們向來都是羨慕外國人的，無論甚麼，都說是外
> 國人好，甚至於外國人放個屁，也是香的。說起中國來，是沒有一
> 樣好的，甚至連孔夫子也是個迂儒。〔註12〕

對於這種行徑，買辦人物本身不但無法自覺，並往往造成其言行的矛盾，《市聲》裡的洋行買辦周仲和嘗言：

> 到底外國人好共事，他除非不信這個人就不用了，要用了他，隨你
> 別人想盡千方百計，要攻訐這人，他總不聽的。

然而周仲和最後卻因「外國人嫌他做買賣不夠勤快，來行時每每誤了鐘點」，而遭解雇，〔註13〕靠著洋人招搖撞騙的蕭杭覺也會說：「我們中國人要算沒志氣，做了外國人的奴才，連本國同胞都瞧不起了！」〔註14〕在在都是其媚外心態的最大諷刺。媚外心態的極端便發展成洋奴心態，

> 情願飢死了，也不要就中國人的事，……情願做外國人的狗，還不
> 願做中國的人呢！〔註15〕

〔註10〕《發財秘訣》，第十回，頁62。
〔註11〕《文明小史》，第四六回，頁371。
〔註12〕《二十年目睹之怪現狀》，第二四回，頁203。
〔註13〕《市聲》，第五回，頁36；第七回，頁56。
〔註14〕同註1。
〔註15〕同註10，第七回，頁42。

這種連做個「人」的心都沒有了，可以說是腐敗的政治體系及西方強權衝擊下所產生的異化現象。

由於官場彌漫著崇洋懼外的氣息，一般人便相信只要能夠和外國人往來，便像得了大靠山，外國人都成了仙人。〔註16〕為了和外國人往來或是為了附和朝廷的講求洋務，學洋文便成了一種時尚，地方知府柳繼賢即道：

學習洋文，這是現在第一件經世有用之學，將來未可限量。〔註17〕

連縣令翻譯員鈕逢之的母親在得知兒子學得洋文後，樂道：

這樣說來，便是你一生的飯碗有著落了。〔註18〕

隨著學洋文風氣的興盛，「英文學堂，滿街都是。」〔註19〕其間只讀過幾個月英文便忝為人師的，比比皆是，〔註20〕甚至也有白天裡去讀了書，到了晚上就把白天所讀的去教人的。〔註21〕

學習洋文本是為與洋人溝通減少誤會及作為學習西學的工具，然而對買辦性格的人物而言，學洋文除了要合外國人往來，並成為尋得靠山的工具，甚至洋文成了發財的根本，《發財秘訣》中的買辦陶慶雲便說道：

那中國書讀了有甚麼用處？你看我們的兩廣總督葉名琛，聽說他是

翰林出身。已經拜了相，可見得一定是讀飽中國書的了，為什麼去

年外國人一來，便把他捉了去，他就低頭服禮？〔註22〕

對於李鴻章、曾國藩的公費留學計畫，在這些買辦人物看來，卻只把它當做是子姪學洋話的大好機會，至於學會了外國的而忘了中國的，他們也覺得沒甚麼要緊，陶慶雲更得意地說道：

不獨中國文字沒有一毫用處，便連中國話也可以無須說得。〔註23〕

直刻鏤出這般人物「學得胡人語，高踞城頭罵漢人」的奴僕德性。在《發財秘訣》中，吳趼人對於買辦人物熱心學習洋文的態度，有著生動的描寫，如陶慶雲是靠學一句記一句的方式學得的；第五回寫一群買辦爭看一個外國單字的模樣，並在自己的簿子上「又在旁邊照樣描了那一路外國字」，吳趼人自

〔註16〕旅生《癡人說夢記》（廣雅版），第二回，頁9。
〔註17〕《文明小史》，第一回，頁7。
〔註18〕同前註，第三九回，頁313。
〔註19〕《官場現形記》，第三二回，頁469。
〔註20〕同註17。
〔註21〕《發財秘訣》，第七回，頁42～43。
〔註22〕同前註，第四回，頁22。
〔註23〕同前註，第十回，頁61。

批道：「描字妙，可見未曾會寫也。」〔註24〕如此的方式，陶慶雲也記了厚厚一大本，不但視之爲珍物，末了還要將之發刻印刷成書賣，要爲中國人學洋話的「範本」。〔註25〕而最令人感到可悲的，是那些連中國字都不太認得的，如區牧蓄、花雪畦者，也急著學洋文發洋財，這種人學字母，「莫說外國字不認得，便連注的中國字也是不認得的。」〔註26〕

　　洋奴的最大本色即仗洋勢欺壓同胞，地皮客舒雲旃買了塊虹口附近的地，原是賣主擅自私賣幾房的公產，弄得那幾房不肯搬，要上堂打官司，陶慶雲聽後道：

> 轉了（道契）之後，他敢說半句不搬？由外國人出面，寫一封信到
> 上海縣去，一面枷枷他起來，怕他不搬？〔註27〕

連拐賣中國人出洋當豬仔的香港招工館，也是有「太山般的勢力保護的」，

> 莫說是縣官的兒子，便是皇帝的太子，他除非不來，來了便是我的
> 貨物，如何輕易放他回去。
> 那中國官有多大的臉，提得動我們招工館的人？〔註28〕

所謂「太山般的勢力」指的便是香港殖民地主英國。當時的非法分子在西方貿易擴張的陰影下，卻因走私進口鴉片或走私出口「豬仔」而獲暴利，靠得即是外人的庇護。

　　不論是在洋機關工作的，甚至是在洋人接管的中國海關裡工作的，愈下層的人便愈見其洋奴的嘴臉，李伯元批評洋關的籤子手道：

> 戴著奴隸帽子，穿著奴隸衣服，對著自己同類，氣昂昂的打開他行
> 李……，說起這關，原是中國的關，不過請外國人經手管管，他們
> 仗著外國人的勢力，就這樣欺壓自己人。〔註29〕

連茶樓堂倌及棧房茶房也不忘挾洋自重，郭玨基因少了件行李，向茶房討，卻落得茶房罵道：

> 你要張開眼睛認認招牌，我們是英商的招牌。你也要曉得點輕重，
> 再要胡鬧，我就去告訴洋東，……還有一句老實話對你說，就算洋

〔註24〕批語見《月月小說》第十二號，頁79。
〔註25〕《發財秘訣》，第五回，頁30；第九回，頁58～59。
〔註26〕同前註，第七回，頁43。
〔註27〕同前註，第六回，頁38。
〔註28〕同前註，頁36～37。
〔註29〕《文明小史》，第三五回，頁283。

　　　　束真不講理，你又能怎樣？〔註30〕

這些人自以為得了外人的依靠，對自己的同胞便氣焰高漲，其實本質上是「怯
於對外，勇於對內」的。

　　在寓言小說《新鏡花緣》中，作者描寫一群大唐商賈出洋貿易，因遇巨
風飄流到維新國，維新國指的即清朝。這群人最初由於傳統的形象，不是被
視為「守舊」、「野蠻」、「奴隸」，就是被誤為革命黨而遭捕，當清朝官吏得知
他們是外來經商者，隨即轉為一副優禮遠人的態度，不僅視之為外國商團，
還派重兵保護，一些半官半紳、兼居商學兩界的人，亦紛紛來仰望他們風采，
作者寫他們的神態是「群犬吠影」一般。只因為他們是「外人」，便有許多要
藉他們的力量辦輪電、辦路礦、辦醫學農事及工業武備的，作者的安排雖嫌
誇張，卻也著實諷刺了官商界爭相媚「外」的形色。〔註31〕而真正有實力的，
甚至也出了洋鍍過金的，卻「只為他既是中國人，人都不信他。」〔註32〕

　　由懼外媚外心態演變而來的便是依賴的性格。晚清的商人為了尋求政治
保護，而與官方勾結，又為免於官府的過分勒索及獲得更多的特權，便進一
步依附外人，因此商船要冒掛洋旗；輪船公司要洋商附股，裝貨一切稅關上
才可得益處；造鐵路也須仗外勢；甚至地方辦理新政、任上虧空也依賴洋款；
〔註33〕在在反映出那個時代內政的腐敗及帝國主義的特權，在這樣的環境之
下，中國的資產階級不論是在政治上或經濟上，便只有愈居於附庸的地位了。

第二節　買辦階級的成長

　　近代買辦制度起源於南京條約。在公行壟斷貿易時期，「買辦」只是公行
裡的一項職稱，不論是「船舶買辦」或「夷館買辦」，皆為外商活動時所不可
缺少的經營雜務人員，此時期之買辦並受控於政府。〔註34〕公行制度取消後，
面對中西「自由貿易」的新形式，外商可以自由同時也是必須雇用買辦，諸

〔註30〕吳趼人《糊塗世界》（廣雅版），卷八，頁86～88。

〔註31〕《新鏡花緣》，第三～十一回，《月月小說》第十一、十三、十四、十五、二
　　　　二號。

〔註32〕《市聲》，第十四回，頁108。

〔註33〕《新鏡花緣》，第四、八回，《月月小說》第十一、十四號，頁33、67；《官場
　　　　維新記》，第十三、四回，頁83～85。

〔註34〕郝延平 "The Comprador in Nineteenth Century China: Bridge between East and
　　　　West" 頁46～47。

如語言的隔閡、貨幣的複雜、商業習慣的不同、社會風俗的奇特，再加上中國社會中強烈的商業的與地緣的組織，〔註 35〕迫使外商雇用華人為其中介人物，因而有買辦的大量興起。透過買辦，外商可以完成其末稍最重要的經濟活動，甚至實現其在不平等條約中所不能取得的特殊權利。隨著侵略勢力的擴張，買辦的角色逐漸改變，其職能亦日趨擴大、複雜，形成了所謂「買辦制度」，亦為外商利用買辦擴張經濟勢力提供了進一步的保證。因此，探討買辦階級在中國歷史上的作用，必自經濟的觀點考察起。

　　所謂「買辦」Comprador，為早期來華貿易的葡萄牙人對廣州商館買辦的稱呼，由葡文 Comprar 轉化而來，即採買之意，而 Comprador 則為「採買者」，中文有譯為「康白度」、「康百度」，亦有「江北大」、「糠擺渡」等，《清稗類鈔》即云：

> 買辦介於華洋人之間，以成交易，猶藉糠片為擺渡之用。既以居間業許之，而又含有輕誚之詞。此實從前仇恨外人因并鄙代外人介紹商業之華人之常態。〔註36〕

而在小說中，作者常常以譯音或諧音來代表買辦的名字，如「康伯度」、「江裴度」〔註37〕等。

　　買辦所扮演的是中西貿易中人的角色，隨著西方資本主義的經濟掠奪發展，它開始由僱傭僕役的本質，攀升為代理人、承銷人、資本家。在日益加劇的東西衝突中，「買辦」實為此一劇動下的敏感人群之一。對中國人來說，買辦往往帶有幫兇性質；對中外交易而言，買辦的居間靈活穿梭，多少也可遏減帝國主義的可怕剝削。甚而在與外人直接而廣泛的接觸後，激發出強烈的民族意識，覺醒於買辦活動中，揚棄了買辦的奴僕本質，參與本土的建設事業，與入侵的外力相對抗，成了民族危機中的愛國者。〔註 38〕然而並非所有的買辦皆能有如此的覺醒，買辦階級與帝國主義、官僚系統的結合，反而對中國產生極大的危害。因此，身處在東西方交會的第一線上，買辦本身即有兩極化的發展，一是覺醒、一是墮敗。晚清小說中的買辦，其形象往往是醜陋的，作者所譴責的，正是墮敗買辦的一面。吳趼人在《發財秘訣》中所

〔註35〕同前註，頁 24～25。
〔註36〕徐珂《清稗類鈔》，冊十七農商類，頁 85。
〔註37〕評花主人《九尾狐》（廣雅版），第二二回，頁 171；蓬園《負曝閒談》（廣雅版），第五回，頁 31。
〔註38〕郝延平前引書，頁 194。

痛詆的即是買辦階級的無恥、忘本。

洋商在遴選中國人成為其洋行中的買辦時,所注重的條件是其外文能力,以及某種程度的商業能力,〔註39〕所謂「外文」,不過是一種混合葡萄牙語、中文、英文的洋涇濱(Pidgin)。在《發財秘訣》中,作者屢屢寫出買辦人物陶慶雲的挾洋文自誇,「忽然中國話,忽然外國話,有時外國話說不完全,說兩句中國話來湊足。」〔註40〕能成為外商洋行的買辦,更是得了個發財的好機會,所謂「外國人的錢好賺」,〔註41〕其實是藉著外國人的勢力,壓榨自己的同胞。由於語文能力的一再被強調,不但興起許多洋文學堂,「派到美國去的學生,回來了也不用,此刻有多少在外頭當洋行買辦」,〔註42〕這種楚材晉用的情形雖由於傳統官僚系統的排他性,然而將朝廷的公費留學計畫視為只是學洋話的大好機會,〔註43〕卻十足是「買辦性格」的呈現。

由於沿海新興都市是中外貿易的重心,也是外商勢力的盤據點,買辦階級便是興起並活動於各通商口岸,最初以廣東人為多,因廣州是早期外商集中地。吳趼人即云:「廣東得風氣之先」,所謂風氣者便是一個「利」字,除「利」字以外,便無所謂風氣了。〔註44〕因而小說中對買辦階級的反映不但帶有地域色彩,小說中所呈現的人物也大都繞著「利」字的主題行動。廣州商人有長期與洋人貿易的經驗,加上舊有公行散出之人,成為早期買辦隊伍的基礎。他們隨著外商經濟勢力擴張的足跡散向各個通商口岸,王韜《瀛壖雜誌》云:

> 滬地百貨闐集,中外貿易,惟憑通事一言,半皆粵人為之,頃刻間,
> 千金赤手可致。〔註45〕

在《發財秘訣》中的買辦人物,省籍便以廣東為主,活動範圍亦不出廣州、上海,有著口岸文學的特色。

其後,由於絲出口的成長,以及傳統金融業(如錢莊)重要性的與日俱增,便有浙江、江蘇買辦的興起,並漸居重要地位。他們大多數來自寧波和蘇州,以絲商或上海錢莊雇員起家。〔註46〕《二十年目睹之怪現狀》中的軍

〔註39〕同前註,頁155。
〔註40〕《發財秘訣》,第五回,頁28。
〔註41〕同前註,第八回,頁49。
〔註42〕《二十年目睹之怪現狀》,第三十回,頁256。
〔註43〕同註40,第十回,頁61。
〔註44〕同前註,第一回,頁1～2。
〔註45〕王韜《瀛壖雜志》,卷一,頁5。
〔註46〕郝延平前引書,頁52～54。

裝買辦李雅琴,便是寧波人,出身於上海錢莊學徒,又當過洋貨店小夥計,
成了洋貨店東家的乾兒子,最後便乾沒了整個洋貨店,專門做空架子生意,
賣些光怪陸離的洋貨,倒被外國人請為買辦。〔註47〕

　　此外,要成為洋行裡的一個正買辦也有許多途徑,例如由最初的寫字員
慢慢擢升,《發財秘訣》中的陶慶雲在成為買辦前是「寫字樓」的一個供人使
喚用的,吳趼人以區牧蕃的眼寫他和兩三個小後生都靜悄悄的「站」在那裡,
擠住在暗亂的小房子,抽著別人「吃賸半寸來長的呂宋煙頭」。區丙初見他時,
只是一個跟在外國人後面翻譯、說價、拿回扣的小人物,因為會揣摩洋人的
脾氣,對洋人誠實(吳趼人自批「可見他對了中國人便不誠實」),又會說話,
而成為「台口洋行」的副買辦。〔註48〕

　　而「情願做外國人的狗,還不願做中國的人」的魏又園,由船上的細崽、
管事,一路升上福州福山洋行買辦、上海有利銀行買辦,除了會說洋話外,
靠得全是「會看東家的顏色」。〔註49〕「九尾狐」中的買辦康伯度,為跳槽到
另一家洋行,便藉著替洋東介紹妓女,並在妓女前買功,意欲託妓女在洋東
面前吹噓,以利跳槽,並說道:

　　　　若不是滑頭,怎做洋行的買辦?不但向洋人要拍馬屁,而且還要吹
　　　　牛皮,他才相信我,把這個大權交與我呢!〔註50〕

買辦階級可以說是在列強經濟勢力的擴張中,以自己的「忠誠」贏得外商的
信任而發展起來的。而這種「忠誠」與其說是來自傳統中國商人的信用,不
如說是來自契約關係,〔註51〕並且包含著極深的崇外性。

　　在買辦制度中,中國傳統的家族主義與地方主義也充分顯現,由於血緣
關係,往往父子、兄弟、祖孫相繼為洋行買辦;推薦同鄉當買辦,因而有廣
東買辦、浙江買辦、江蘇買辦等集團,因此血緣與地緣關係同為買辦制度的
構成要素。〔註52〕在晚清小說中亦帶有此一色彩,然而作者所著力描寫的,
是書中人物如何不擇手段成為買辦的情形。《發財秘訣》中的陶俔臣是陶慶雲

〔註47〕 同註42,第七九回,頁731~732。
〔註48〕 《發財秘訣》,第四、六、七回;批語見第六回,《月月小說》第十二號,頁91。
〔註49〕 《發財秘訣》,第九回,頁58。
〔註50〕 《九尾狐》,第二三回,頁176。
〔註51〕 買辦與雇主間締結有契約,其內容包括買辦的職責、押金、薪水、佣金等等。
　　　　參閱郝延平前引書,頁161~162;契約形式及內容可參閱《支那經濟全書》,
　　　　第二輯,頁408~439。
〔註52〕 郝延平前引書,頁171~177。

的兄長，身兼五家洋行買辦，是自己設法「鑽路子」弄來的，鑽路子的時候是不問前任買辦是親是朋，亦不論奪其位後，其人將如何落魄潦倒的了！陶慶雲接到行裡正買辦的死訊時，眾人道賀恭喜，末了陶慶雲還得隨喪家做一回假惺惺的情形，寫出了這些買辦人物唯利是尚、絕情寡義的心態與手段。作者更藉花雪畦的心暗想：「他們的手段比我拐賣豬仔還要利害！」〔註53〕此外，寫杭阿寶靠積聚「買」了一個買辦來做，「買」似乎是「甯波人的老辦法」，〔註54〕然而在買辦制度中，買辦不但要求有舖保、人保，還有須繳交保金的規定，〔註55〕保金不但是爲了保證買辦的信實可靠，有時還爲外商挪用充作營運資金。因此，具備一定的資金也逐漸成爲某些洋行買辦的一項必要條件；洋東則以買辦職位作爲籌資的手段，中流以下的人多視買辦爲肥美之缺，而本爲不名一錢的洋人無賴，亦不惜以華商爲魚肉，因而所產生的詐騙情形也成了小說的情節。〔註56〕

　　此外，由於買辦與官方的關係非常重要，特別是外商洋行爲爭取軍火、貸款方面的交易，因此具備功名者也可受雇於洋行成爲買辦，買辦人物俞梅史指出軍裝買辦的條件：

> 只要熟悉官場的應酬規矩，自己有了個二百五的功名就可以做得。
> 至於門路一層，只要慢慢走起來，就會熟的。況且名片上頭刻了某某洋行的字樣，那官場中自然另眼相看。〔註57〕

又如《市聲》裡的軍火買辦單子肅，則因捐有功名，與官場聯絡，而爲買渤洋行特地訪請。〔註58〕對於買辦的勢利及與官方結合的行徑，小說家吳趼人則毫不留情的加以抨擊：

> 他也懂得八股不是槍砲，不能仗著他強國的，卻不知怎麼，見了這班新翰林，又那樣崇敬起來，轉彎託人去認識他，送錢給他用，請他吃，請他喝，設法同他換帖。不過爲了是求他寫兩個字。……這班買辦，平日都是一錢如命的，有甚麼窮親戚窮朋友，投靠了他，承他的情，薦在本行做做西崽，賺得幾塊錢一個月，臨了，在他帳

〔註53〕《發財秘訣》，第八回，頁48～50。
〔註54〕同前註，第十回，頁60。
〔註55〕郝延平前引書，頁160。
〔註56〕如《二十年目睹之怪現狀》第四九回所寫，詳見本論文第三章第一節。
〔註57〕《近十年之怪現狀》，第十五回，頁102～103。
〔註58〕《市聲》，第二六回，頁186。

> 房裡吃頓飯，他還要按月算飯錢呢！到見了那班新翰林，他就一百
>
> 二百的濫送。〔註59〕

洋行買辦的職責概括極廣，大致可分三種，第一，是洋行裡中國傭人的頭目，第二，是洋行裡商業上的華經理，第三，是替洋行往內陸收購茶絲。〔註60〕買辦的收入，除了薪水外，重要收入爲佣金。佣金除了作爲支付買辦勞役的一種代價外，並具有刺激買辦追求高價、擴大利潤的作用。〔註61〕此外，買辦憑藉財富、人際關係、商業訊息及洋商的保護，而從事私人交易，在新興的通商口岸，只要善爲把握，往往在短時間內獲得暴富。

然而買辦的主要收入則是靠「搾取」及「剝削」，這也是買辦最爲人所詬屬的，他們往往藉著擔任帳房之便賺取額外的利潤，如將洋商委其管理的現金、銀票存入可以信託的錢莊，坐收豐厚的利息，〔註62〕這種情形不免令人聯想到官僚與錢莊、票號的勾結。在與外商相互依賴的關係中，買辦不但濫取佣金，還仗著洋勢剝削小商人，這種種行徑都成了晚清小說作者刻劃買辦人物性格的要素。

在列強不平等條約的特權下，買辦因爲伙同洋商對中國進行經濟掠奪，且由中國人看來，買辦才是主要的商人，因此買辦出現在小說中的形象，幾無例外地都是負面的。洋行買辦的典型形象可見於《市聲》裡的描寫：

> 穿著寧綢袍子，海虎絨馬褂，臉上戴著金絲邊眼鏡，手上套著兩個
>
> 金戒指，滿面笑容。〔註63〕

許多中西混合的現象也出現在他們身上，例如洋涇濱語言、生活方式，甚至價值觀念、思想模式等。然而其在侵略者面前卻經常表現出毫無人格可言的奴僕性，買辦王文澄的太太即直斥其子云：

> 爲什麼要學洋文？學好了也不過合你老子一般，見了外國人連坐位
>
> 都沒有的，豈不可恥？〔註64〕

小說家吳趼人的作品有著強烈的反買辦意識，便嘗藉著報館主筆侯翱初以嘲

〔註59〕《二十年目睹之怪現狀》，第二四回，頁203～204。

〔註60〕郝延平《買辦商人——晚清通商口岸——新興階層》（故宮文獻2卷1期，民國59年12月），頁35～36。

〔註61〕郝延平前引書，頁92；聶寶璋《中國買辦資產階級的發生》，頁30。

〔註62〕郝延平前引書，頁93。

〔註63〕《市聲》，第二九回，頁208。

〔註64〕《文明小史》，第二五回，頁198。

謔的語氣道：

> 你們這一般軍裝大買辦，平日眼高於天，何嘗有個朋友在心上，除
> 了呵外國人的卵脬，便是拍大人先生的馬屁。天天拿這兩件事當功
> 課做，餘下的時候，便是打茶圍，吃花酒，放出闊老的面目去驕其
> 娼妓了！〔註65〕

由種種奴僕性、寄生性本質所組成的墮敗買辦，在小說中所表現的便是崇洋媚外、勾結官吏、套騙採礦權及中飽私利等齷齪行徑。可以說是，帝國主義者透過買辦「以華制華」達到攫奪的目的；買辦則在帝國主義的卵翼下滿足他們的私慾和企業慾求。〔註66〕

　　買辦身處於中西接觸的特殊環境中，其複雜性格所形成極端的發展，除了墮敗的買辦，也有少數買辦徹底覺醒，在兼有投資者的眼光和經營者的技術後，努力經營工商業，在中國近代經濟發展中有著策略上的重要性；在社會上和政治上，巨大財富和特有技能使他們成為縉紳階級的成員，甚至參與維新、革命等活動。〔註67〕最典型的例子即原屬英國太古洋行的買辦鄭觀應，他自謂：「初則學商戰於外人，繼則與外人商戰，欲挽利權以塞漏卮」，〔註68〕曾於李鴻章幕府中任上海電報局總辦、輪船招商局會辦，創設上海機器局、織布局，並參與商務及革命運動，著有《盛世危言》一書，代表他對建設中國的意見。進步的買辦，事實上已不足以稱為買辦了。

　　基本上，買辦並非獨立的商人，其財富及地位皆靠外人得來，這種共生的、附庸的關係，是有礙於其民族意識的發展。墮敗買辦的無恥行跡，是使「買辦」一詞被安上賣國、漢奸意義的原因，所謂「買辦趨向」、「買辦性格」等，都帶有蔑視的意味，買辦階級在十九世紀時，對中國社會尚有影響力，二十世紀以降，隨著不平等條約的廢止，買辦在歷史上的地位漸趨衰微，然而這種無根無血緣的意識型態卻轉換成各種形名繼續存在下去。對於唯利是圖的人而言，「買辦」是一個令他們羨慕而汲汲獻身的行業，以小說《發財秘訣》而言，又一名《黃奴外史》，正是作者對買辦人物的印象與批判，這種對外人卑屈、對同胞剝削、罔顧民族利益，只圖使自己獲利的人物，為作者最

〔註65〕《二十年目睹之怪現狀》，第六六回，頁601。
〔註66〕蔡朋〈買辦在近代中國的崛起和殞落〉（仙人掌雜誌1卷2期，民國66年4月），頁213。
〔註67〕同註60，頁40。
〔註68〕鄭觀應《盛世危言後編》，第八卷，頁43。

痛恨的，作者自云：

> 此篇下筆時，每欲有所描摹，則怒皆爲之先裂。〔註69〕

小說家以其道德基礎，表現出其強烈的反買辦意識，因而在小說中，不論是對買辦行徑的反映或譴責，在這個國際間往來更形容易、國力的高低仍存在的時代裡，依然足資攻錯的。

第三節　商務思想的表現

　　當晚清遭受西方勢力入侵後，中外通商的舊問題成了關係中國本身命脈的商務問題，隨之而起的反應之一即「商務思想」的萌生，其主要思想是商戰、重商及實業救國，在追求利潤的背後，有著強烈抵抗侵略的動機。這種反傳統的「重商思想」除普遍存在於知識分子的抒論立說外，一向對經濟較不關心的文人，不但有以商人爲小說的題材，如《胡雪巖外傳》、《商界第一偉人》、《市聲》等，並表現出小說史上「空前」的重商精神，反映著時代的動向。

　　由於受到西方「工商致富」觀念的影響，要求中國商界之醒覺，提倡商、工、農並重的觀念及冒險、創造的精神，是晚清小說中所反映的商務思想所一再致意的。在《商界第一偉人》中，作者有意藉英人戈布登從商富國救民的一生，作爲晚清飄搖世亂的借鑑，其於結論道：

> 商者，危機也，國脈之所存，民命之所寄，……夫國不先求於通商之物之人，吾不知商之所藉以爲生命者，果何在？夫農工之於商，相依爲命者也。商無農工，則商無所取；農工無商，則農工無所用。……故農工厚而后商資富，商資富而后民權可以興，而國卒立於不敗。……欲強己國，莫若借鑑人國。〔註70〕

《市聲》中的留日學生楊成甫亦云：

> 現今中國，農的農，工的工，商的商，難道沒有實業？但合五洲比較起來，中國的實業跟不上歐美百分之一。學界的口頭禪，都說現時正當商戰，……其實是工戰世界。工業興旺，商戰自強，實因商人是打仗的兵卒，工人是打仗時用的克虜伯炮、毛瑟槍。……農人便是糧餉，……所以農業也該講求的，這都是實業

〔註69〕《發財秘訣》，第十回，頁66。
〔註70〕憂患餘生《商界第一偉人》（廣雅版），頁29～30。

上的事。〔註71〕

類此的農工商界利害相因說，又可見於另一留學生劉浩三的言論。〔註72〕對於振興實業，楊成甫認為商界具有提倡扶持的責任與義務，

> 現在除了學界人知道外面的世局，以外就只商界裡的人，開通的多。
> 農工兩界，十分閉塞。

雖然商人做事多是為己的，但：

> 自己有了利益，才能分給別人。表面上看去，大股東設的大公司，
> 固然官利、紅利，通都入了自己的囊中，殊不知他公司裡養的一班
> 人，都是分他的利益。批發販賣，出口銷貨，從中又有許多人得了
> 利益。遍災水旱，捐助多少，國家又獲著他許多利益。親戚朋友不
> 時沾潤，同鄉裡面又得著了許多利益。農民的生貨，都賣給他去製
> 造，農民不是又得了利益麼？總之，一個人做事，做不成一樁事；
> 一個人想獲厚利，獲不著分毫的利。農工商賈，就是合成的一個有
> 機動物。〔註73〕

要商放淡奪利的心，提倡扶持農工商實業，可以說是作者對商人地位的肯定及商人角色的期許。

　　振興實業不但是挽救中國於頹勢的要務，也是商人面臨中西貿易新勢的因應之道。中國商界在外商資本力壓下，「洋貨銷場極廣，商家不早設法，將來是站不住腳的。」〔註74〕「外國絲一年多似一年，中國商家還有什麼指望呢？他們一個行情做出來，不怕你們不依。」〔註75〕「如今中國茶葉，日見銷乏，推原其故，是印度、錫蘭產的茶多了。他們是有公司的，一切種茶採茶的事，都是公司裡派人監視著；況且他那茶，是用機器所製，外國人喜吃這種，只覺中國茶沒味。我記得十數年前，中國茶出口，多至一百八十八萬九千多擔，後來只一百二十幾萬擔了。」〔註76〕劉浩三亦歎道：

> 中國不講究工藝，商界上一年不如一年，將來民窮財盡，勢必至大
> 家做外國人的奴隸牛馬。你想商人賺那幾個錢，都是賺本國人的，

〔註71〕《市聲》，第三三回，頁234～235。
〔註72〕如《市聲》第三四回，頁246。
〔註73〕同前註，第三四回，頁243。
〔註74〕《癡人說夢記》，第三回，頁16。
〔註75〕《市聲》，第五回，頁35。
〔註76〕同前註，頁38。

> 不過販運罷了，怎及得來人家工業發達，製造品多，工商互相為用
> 呢？〔註77〕

為了與洋貨相抗衡，首先出現的便是改良工藝的呼聲，例如孫拙農用科學方法養蠶、植桑，歐戴山以機器代替手工製茶，余知化發明割稻車，倡導新法耕田並成立新法耕田公司，〔註78〕以及提議改良窯工，〔註79〕在這些改革的言論及行動中，較傾向於積極主義與將來主義，可以說是工業化過程中的新價值內涵，《市聲》的作者姬文即藉著劉浩三與富商范慕蠡的對話道出：

> 要肯開風氣，就有大利益。……在我們中國裡面，出頭創辦新事業，
> 面子上看去，似乎奪了窮人的利，到後來獲了贏利，窮人都受益
> 的。……頑固的人都怕仿學西法，奪了窮民的利益。〔註80〕

除了興工業以外，市場的開拓也是很重要的，因此有開工品陳列所及工業負販團的方法，一方面是培養農工商界的市場觀念，也替他們提倡結團體的法子，留日學生楊成甫道：

> 這個工品陳列所，就開在上海，一面登報告白，不論甚麼手工美術，
> 只要做成一種器物，經本所評定價值，就陳列在這所內，聽人批買。
> 這麼辦法，隨他內地壅滯的工品，都能暢銷。……工業負販團，就
> 合工品陳列所相附而行的。……這個風氣開了，……商界中又添出
> 一樁營業，工界裡銷售無數滯貨。〔註81〕

知識分子的言論雖深具理想，但不免有空泛、隔閡之弊，因此，作者再藉資本家李伯正之口說出，不論是在角色的刻劃上或商務思想的表現上，較具說服力，藉此也可略見資本家的實務經驗。

> 這事不要限定方隅。……我國的工業，本是幼稚，聚各省的精華，
> 還敵不過人家一部分；倘然限定某府某縣，這到底有沒有學習工藝
> 的人呢？即使有了，也寥寥無幾，不成一個局面，撐持不起，更是
> 坍台，所以我說要普通辦法。工藝的範圍，雖然極大，但是成物不
> 易，不愁資本周轉不來。還有一個法子，起先是獎勵粗的，以後便
> 挑選精的。那粗糙的工藝品，經我們提倡，有了銷場，自足立腳，

〔註77〕同前註，第十四回，頁108。
〔註78〕詳見《市聲》，第四回，頁27～28；第八回，頁61；第三一、三二、三六回。
〔註79〕吳趼人《上海遊驂錄》（廣雅版），第五回，頁27～28。
〔註80〕《市聲》，第三二回，頁232。
〔註81〕同前註，第三三回，頁238～240。

再有精緻的出來，漸漸可行銷外國，將來粗糙的，銷場日少，人都

想做精緻的，暗中和那教育一般，還怕工藝不發達麼？〔註82〕

　　言及教育，清末的重商思想尤且表現在商智商力的充實，爲了抵禦西方

商力的衝擊及百年長遠大計，自不能不由商人的教育教養以至技能的充實入

手。關於這點，也是許多晚清小說家所關切的，林紓在譯《愛國二童子傳》

時，即因世界商務之競爭諄諄以告國人：

西人之實業，以學問出之，吾國之實業，付之無知無識之傖荒，且

目其人、其事爲賤役，……須知實業者，強國之糧儲也，不此之急，

而以緩者爲急，眼前之理，黑若黝漆矣。……國不患受人踐蹂，受

人剝削，但使青年人人有志於學，人人務其實業，雖不能博取敵人

之財，亦得域其國內之金錢不令外溢。……今日學堂幾遍十八行省，

試問商業學堂有幾也？農業學堂有幾也？醫學學堂有幾也？朝廷之

取士，非學法政者，不能第上，則已視實業爲賤品，中國結習，人

非得官不貴，不能不隨風氣而趨。後此又人人儲爲宰相之材，以待

揆席，國家枚卜，不幾勞耶？……此畏廬所泣血椎心不可解者也。

〔註83〕

興辦各級職業學校培養實業人才，爲發展實業的基礎。然而由於朝廷在觀念

上仍處於被動、消極，「商務」雖是政府的一大要務，但遲至光緒二十一年，

京師同文館始設富國第一科，商務一科直至光緒二十年左右，才開始出現在

學校的課程表上，而且大體仍是新聞性的常識。〔註84〕光緒二十五年始興商

學、工藝學及農學，光緒二十九年有設商業學堂之舉，光緒三十一年則舉辦

工業學堂及各等實業學堂等。〔註85〕由於「中國商人處處吃虧，貨物銷售出

口，都被外國人抑勒，無可如何。人家商戰勝我們，在他手裡過日子，要是

不想個法兒抵制抵制，將來民窮財盡，還有興旺的時候嗎？」〔註86〕開辦商

務學堂便成了當務之急。然而在《文明小史》中，我們仍可見對興辦商務學

堂抱持守舊態度的頑固之士，濰縣大紳士劉御史道：

〔註82〕同前註，第三四回，頁244。

〔註83〕林紓《愛國二童子傳》達旨，收入阿英《小說戲曲研究卷》，頁244～245。

〔註84〕吳章銓《洋務運動中的商務思想——以李鴻章爲中心的探討》，頁74～75。

〔註85〕劉錦藻《清朝續文獻通考》，卷三七八，實業考一，頁1239：卷三八三，實業
考六，頁1305。

〔註86〕《文明小史》，第三一回，頁251。

我們讀書人，好好讀書，自有發達的日子，爲什麼要教他商務呢？
既說是商務，那有開學堂教的道理？你那裡見過學堂裡走出來的學
生會做買賣的？那做買賣的人，各有各的地方⋯⋯，那個掌櫃的不
是學出來的？只不在學堂裡學罷了。⋯⋯你們這幾位外行人，如何
會教給學生做生意？勸你早些打退了這個主意罷！〔註87〕

而許多辦學堂的官吏，不過是附和朝廷高唱維新的調子，「並不是眞有用處」，
只是「開幾個學堂做得像樣些」，完全是陽奉陰違，敷衍塞責。「開學堂」只
是做爲升官發財的工具，甚而成了最好的新種生意。〔註88〕凡此種種，不但
玷污了朝廷開辦學堂的宗旨，更顯現出彼時的官吏對教育沒有長遠的眼光與
計畫，仍停留在一己仕宦的得失上，缺乏領導新政的條件。

在這樣的情況下，《市聲》的作者即指出：

朝廷立了農工商部，雖說逐件振興，但這些事靠定政府的力量，也
還不足恃，總要人民自己能振興才是。〔註89〕

因此，商務教育也必須「先從商界提倡起」，〔註90〕唯有商界自覺，獨立興辦
工藝學堂或商務學堂，或出版有關書籍，才能達到啓發商智、充實商力的目
的。在《市聲》裡出現的正面人物（或由邪轉正以後），如李伯正、范慕蠡、
余知化、孫拙農等，幾乎都是獨力或依靠民間力量力挽狂瀾，而不同官府掛
鉤的，由此我們不難洞見《市聲》作者的眞正意圖。〔註91〕

對於興工業與興學堂間的關係，留學生劉浩三提出實際的看法：

要開工廠，便須先開工藝學堂。但是等得這些學生學到成功，必非
三年兩載的事，那時再開什麼工廠，已落他人之後了。如今一面開
廠，一面開學堂，把新造就的工人換那舊的。不到十年，工人有了
學問，那學成專門的，便能悟出新法；那學成普通的，也能得心應
手，湊攏來辦事，自然工業發達。〔註92〕

至於學堂的內容，劉浩三又指出中國工藝落後的癥結及矯治的方法：

〔註87〕 同前註，第三二回，頁255。
〔註88〕 同註86，及頁247；第三五回，「毓生也覺得這注生意（開學堂）好做。」頁
277。
〔註89〕 《市聲》，第三三回，頁235。
〔註90〕 同前註，頁238。
〔註91〕 賴芳伶〈論晚清商界小說的實質意義與價值〉，頁159。
〔註92〕 《市聲》，第十五回，頁113～114。

這工藝的事，第一要能刻苦，那文弱的身體，是收不得的。第二普
通的中國文，合淺近的科學，要懂得些；外國文也要粗通。……報
考的學生，須犧牲了他的功名思想，英雄豪傑思想，捺低了自己的
身份，一意求習工藝，方有成就。……中國幾千年習慣，把工人看
得輕了，以致富貴家的子弟，都怕做工，弄成一國中的百姓，腦筋
裡只有個做讀書人的思想；讀了書，又只有做官的思想，因此把事
情鬧壞了！〔註93〕

謀官途求功名並非有害，唯獨人人孳孳於此，便使人失去寬闊的視野及接受
新學的胸襟。劉浩三本身是秀才出身，進了船政學堂學習外語，並曾在外國
工業學校學習三年，瞭解到實業救國的重要性，亦知道唯有改變輕工輕商的
觀念，才是根本之道。對於西學，其態度是：

要變通都變，要學人家，通都學人家。最怕不三不四，抓到了些人
家的皮毛，就算是維新了！〔註94〕

在國事阢陧的晚清時代裡，在反面角色充斥的晚清小說人物中，劉浩三的言
論可以說是較踏實的。作者藉著留學生、大資本家、商人等，這些在其同業
中較具自覺性的正面人物，傳達其商務思想，而「語言」往往就是這些角色
在小說發展中的主要參與，小說中所透露出的一絲希望，也往往是由這些靜
態事件中所提出的一些慎思熟慮所孕育成的。〔註95〕

　　除了《市聲》以外，小說家李伯元在《文明小史》中亦表現出其識時務、
理財源的思想，認為「有兩件天地自然之利，不可不考求的，一件是農功，
一件是礦利。倘把這二件事辦成，百姓即不患貧窮，國家亦自然強盛。」在
貨幣方面，主張由戶部統鑄銀圓，通行天下，由總銀行製造鈔票，流通各省，
如此「不但圈住我們自己的利源，還可以杜絕他們（指外國銀行）的來路！
到這時候，國家還愁沒錢辦事嗎？」〔註96〕對於清末混亂的幣制，李伯元
能提出看法，不論其主張的可行性如何，代表著文人對經濟層面的一種關心。

　　然在言論附諸實行之際，晚清小說作者也毫不隱瞞地指出其所遭遇的阻
礙，甚而提出批判。李伯正、范慕蠡的「商助工會」為成立工藝負販團，向

〔註93〕同前註，第三一回，頁221。
〔註94〕同前註，第十四回，頁109。
〔註95〕Milena Dolezelova-Velingerova 作，謝碧霞譯〈晚清小說中的情節結構類型〉，
　　　　收入林明德編《晚清小說研究》，頁528～529。
〔註96〕《文明小史》，第二回，頁9；第四八回，頁388～389。

商界人士勸捐，多數商人表現得冷淡並連推財政支絀，李、范等人只得按大、小富派勻著要求認捐。但「內中幾人還面帶憂疑之色，酒菜都鯁在喉間」，平日熱衷施僧捨乞、惜老憐貧的陳秋圃，則乘人不見逃之夭夭，〔註97〕在在寫出商人的鄙嗇及無識。馮主事興辦商務學堂，因籌款不易，便請商家捐貲，無奈這些刁商愚夫無視於商務新學，只認爲是紳士剝削，要拿他們「心疼的錢去辦那不要緊的事體」，以罷市來抗捐。〔註98〕

　　商人抗捐雖因於商人本身的短視近利，但長久以來官府藉著開學堂、設機器局等名目，向商人硬捐並剝削，形成商人對「勸捐」避之唯恐不遑，其中的緣故，就在「有信、無信」兩個分別，金道臺指出：

> 中國那年辦理昭信股票，法子並非不好，集款亦甚容易，無奈經辦
> 的人，一再失信於民，遂令全國民心渙散，以後再要籌款，人人有
> 前車之鑒，不得不視爲畏途。〔註99〕

再加上許多借辦學堂「勒捐鄉民，侵蝕公款的」，因而導致搗毀學堂之事，亦由捐項激成。〔註100〕馮主事辦的商務學堂開考之日，眾商人還是紛紛送子息入考，李伯元便嘲諷地說道：「要他們捐錢是要翻臉的，送兒子來考就和顏悅目多了。」畢竟商人也是懂得趨時的。〔註101〕商人中亦有獨資創辦西學堂的，如胡雪巖，所開的商務學堂，在胡氏失敗後仍留餘響於後人；〔註102〕有志作商界偉人的華達泉，因用人忠奸不一，在公司虧捐關閉之後，亦開設商務學堂，以培植商界通才、改革歷來弊病爲志。〔註103〕然而，對某些豪商巨賈而言，開辦學堂只是傳統慈善工作的轉化，對於學堂的品質卻無法顧及，例如廣東富商鄺如舟開的端西學堂，卻是極腐敗的「課程名目雖多，毫無實濟，教習喫花酒，學生賭銅錢，種種說不盡。」〔註104〕

　　僅憑知識分子的呼籲，並未能有效地實現振興實業的理想，商人缺乏自

〔註97〕《市聲》，第三四回，頁246～248。
〔註98〕《文明小史》，第三一～三三回。
〔註99〕同前註，第四八回，頁388。
〔註100〕《新鏡花緣》，第八回，《月月小說》第十四號，頁60～61。
〔註101〕《文明小史》，第三三回，頁267。內中有個糧食店掌櫃曾與眾人搗毀書院，
　　　　此番亦送其子入考，並存心結交學堂裡管事的人，李伯元取其名爲「董趨時」，
　　　　可見作者的諷刺意圖。
〔註102〕《胡雪巖外傳》，書前浙東市隱序，頁2。
〔註103〕《市聲》，第一回，頁1～4。
〔註104〕旅人《癡人說夢記》，第六回，頁37。

覺仍是拯救中國商務的主要障礙，這也是晚清小說作者所再三指陳的。因此，即使因商怕官，欲藉官府札子的力量來興辦實務，〔註105〕亦非根本之道，反更礙於新觀念的推行。中國商人「凡事都願獨自一人做，利益也願獨自一人享」，加上「人人都膽子小，也自有失敗的公司，被他們作爲殷鑒」，〔註106〕不但做不出大事業，更有礙於團結，晚清資本家張謇即指出：

> 中國之商，不能與外商敵者在勢散，……凡爲商者，非獨不知散之
> 害，或且以散爲利。〔註107〕

現在取向及缺乏遠見是中國商人無法團結的原因，在《黃金世界》中便指出商人的壞處：

> 同行嫉妒，互相貶抑，吞併了同類，倒便宜了外人。……私利的心
> 盛，便無團體，團體一解，害公敗群之事，相因而至。〔註108〕

知識分子鑑於中國工商界的勢單力薄，爲工商兩界提倡結團體的方法，也顧及「中國人不講公德，須立出許多限制的條款，要不然，這團體是容易解散的。」〔註109〕即使組成了商會，有的研究的仍是如何送壽禮及升官發財之道。〔註110〕

　　商務思想的來源，是啓發於對外交涉，推動也以抵抗外國商務勢力爲目的。在知識分子覺醒於中西貿易競爭而演爲種種商務論說，及政府將種種政策附諸實行之際，眞正的商人則缺乏商務知識，更未建立相當的商人勢力。商人沒有獨立地位，他們原或附屬於政府，而在西方資本主義進入後，受外國資本主義排擠打擊的中國商人，則對西方採取抵制禁拒的態度，或因而退出歷史的舞臺；適應外國資本主義需要的商人，則採取迎合效力的態度。在這樣的時局下，商人實難培養出強固的商務勢力，或發展出一套眞能合宜地適應商業社會的思想。然而，晚清小說中表現商務思想的重要作品《市聲》，作者姬文在感傷寫實的基調中，仍以樂觀的態度爲中國商界指出一個前程美景「自此中國人也知道實業上的好處，個個學做。要知我國人的思想，本自極高明的，只要肯盡心做去，哪有做不過白人的理？」〔註111〕而不論小說家

〔註105〕《文明小史》，第三二回，頁257。
〔註106〕《市聲》，第三六回，頁264。
〔註107〕張謇《張季子九錄》，實業錄卷三，頁15。
〔註108〕碧荷館主人《黃金世界》（廣雅版），第六回，頁38。
〔註109〕《市聲》，第三三回，頁240。
〔註110〕《新鏡花緣》，第十回，《月月小說》第十五號，頁83～88。
〔註111〕《市聲》，第三六回，頁266。

在作品中的理想主張是否能吻合實際的行動，至少透過小說的形式，空前地表達了文人對商務建設的關懷。

第四章　晚清小說中的商人類型及其商業組織與活動

　　晚清小說中，即使是被稱爲「商界小說」的《市聲》、《胡雪巖外傳》、《發財祕訣》，對於商人角色的刻劃及商業活動的描寫，不論是在質或量上都稍嫌不足。而其他部分涉及商業方面的小說，更是浮光略影的，視爲軼文的一種類型，成了主要人物的陪襯。因此，從中所爬梳出的商業活動，不免也顯得稀疏而欠缺完整。然而從小說作者所擷取的商人類型，包括「傳統商人」、「紳商」及「買辦商人」等，卻充分顯示出時代的色彩，藉著這三種商人類型，細看其活動內容及其變化，仍有助於我們鉤畫出晚清中國商界的面影。

第一節　傳統商人

　　傳統商人包括一般商人（即所謂行商坐賈）、鹽商、錢莊、票號商人，在日趨競爭的工商潮流中，他們較據固有商業傳統以爲手段，本身保守性強、流動性弱，主要奠基於家族單位，往往世代爲商，忠實與信譽是其主要資產。

　　清代商家以富豪鳴者，揚州鹽商爲其中之一。揚州爲兩淮鹽商會集之所，有場戶、場商、引商等，統稱鹽商，其資財各以鉅萬計，《二十年目睹之怪現狀》即以揚州花園的繁華寫揚州鹽商的闊綽，然其財富來源卻是靠著運輸過程中的剝削積累而成，「所以鹽院的供應，以及緝私犒賞，贍養窮商子孫，一切費用，都出在裡面。」即使自己人對自己人也要做弊，開起帳來是空立許多名目，因此，

　　　　綱鹽之利，不在官不在民，商家獨占其利，又不能盡享：大約幕友

門客等輩，分的不少；甚至用的底下人、丫頭、老媽子，也有餘潤
可沾。船戶埠行，有許多代運鹽斤，情願不領腳價，還怕謀不到手
的。所以廣行賄賂，連用人也都賄遍了，以求承攬載運。〔註1〕

鹽是王朝最重要的專賣品，利潤特大，其銷售價格和產地價格可相差五至十
倍，加上經營私鹽，其利潤就更大。正因如此，只有大商人資本才能交通官
府，取得鹽引，鹽商也因此帶有官商性質，往往勾結官吏，從剝削的關係中
累積大量的財富。〔註2〕其生活享用之豪奢是「拿著錢不當錢用」，不僅廣造
花園，家裡養了一班讀書不成的假名士，以為可借此洗刷其市儈之名；還養
了兩班戲子供家宴之用，每年要用到三萬多銀子；並成就了一種買古董的僻
性：「好好的東西拿去，他不買；只要把東西打破了拿去，他卻肯出了重價。」
無非是受其一班門客欺矇，尚以為是親近風雅。〔註3〕

傳統商人在累積大量財富後，不是投資於房屋、古董，以享受舒適而氣
派的生活，便是投資於土地以求安全，《癡人說夢記》中的江蘇豪商陳契辛，
其祖父即在揚州運淮鹽為業，是個大商家，有田三千餘頃。這些富商的家庭
成員往往維持一種「家族分工」的型態：有人持續商賈之業，有人專習儒業
以便博取功名，彼此合作，經商者可以提供應考者經濟的基礎；應考者科舉
及第後則可使族人獲得政治上的保護。陳契辛便是選擇科舉之途，其弟陳仰
蠡則承受了鹽引，仍為商家。對於鹽商之業，契辛評云：

這樣運鹽的事，總是剝削眾人的利益，歸併到一家罷了，還要巴結
官場，動不動勒捐硬派。〔註4〕

顯示出在剝削制度下一個鉅賈豪商的些許無奈。

在《市聲》所描寫的幾個正面人物中，重要角色李伯正便是出身於鹽商
之子，家資殷實，雖然考中了商籍秀才第一，為專心商務而不應鄉試。身處
中外商賈雜錯的上海，卻有與洋人從事商業競爭的觀念。當時傳統商人多認
為：「要合洋商鬥勝負，這是個病根。……如今做生意，是中國人賺中國人的
錢，還要狠狠的拿出些本事出來哩，那能賺到外洋人的錢？」〔註5〕而李伯正
卻特地放出價錢廣收繭子，自己運了西洋機器來，紡織各種新奇花樣絲綢等

〔註1〕　《二十年目睹之怪現狀》，第四五回，頁411～412。
〔註2〕　參閱吳承明《中國資本主義與國內市場》，頁294。
〔註3〕　同註1，頁409～411。
〔註4〕　《癡人說夢記》，第三回，頁14～15。
〔註5〕　《市聲》，第一回，頁4。

類，以奪外洋之進口絲布買賣。這種觀念可以說是經濟民族主義的基礎，進步的傳統商人已具有成為企業家的條件與特質，李伯正語重心長地說道：

> 我的做買賣，用意合別人不同：別人是賺錢的，我是不怕折本。……
> 我這吃本國人的虧，卻教本國人不吃外國人的虧，我就不算吃虧了。
> 但是我一人的資本有限，譬如把來折完了，我們中國人，依然要銷到
> 外洋去，把些生貨販出去，等他外國製造好了，再來取我們的重利，
> 一年一年拖去，那有活命！但就目前而論，從前繭子是什麼價錢，如
> 今是什麼價錢，再下去，還連這樣價錢都沒有。你不知道印度、日本，
> 都出的極好的繭子嗎？為的是中國地大物博，價錢便宜，落得販去生
> 些利息罷了，難道真靠我們繭子不成！我所以開個繭行，替中國小商
> 家吐氣，每擔只照市價加五兩收下，我有用處。〔註6〕

一段話即道出中國絲出口價所受國際市場的影響，以及中國對外貿易的困境，刻劃出李伯正做為一個企業家的特點：關心市場、有遠見、冒險精神及社會關懷等。除開設機器織綢南北廠外，並與范慕蠡合股開辦造玻璃廠、造紙廠、製糖公司以及商業公園等。由於本身喜讀新翻譯出的書，在接受西方新知及延攬留學生上，可謂突破傳統商人的局限。寧波豪商華達泉雖也有與洋人爭勝負的觀念與資本，唯因用人不當，使得公司折閱倒閉，華達泉因而歎道：

> 中國的商家，要算我們寧波最盛的了。……出門人喜結成幫，彼此
> 聯絡得來，諸般的事容易做些。……如今不須說起，竟是漸不如前
> 了！我拿銀子同人家合了幾個公司，用的自然是同鄉人多。誰知道
> 他們自己做弄自己，不到十年，把我這幾個公司，一起敗完。像這
> 樣沒義氣，那個還敢立什麼公司？做什麼生意？想要商務興旺，萬
> 萬不能的了！〔註7〕

傳統的地緣關係會成了走向工商社會的阻礙，主要在於所用之人的短視近利，抱著「吃一日飯，不吃千日飯」的心理。

　　然而，李伯正開設的南北廠卻連年折本，差不多支持不下，以工藝擅長的鄉農余知化即評道：

> 工藝上的事，全靠會翻新花樣。李先生別的做法，通都精明，只這

〔註6〕同前註，第六回，頁44～45。
〔註7〕同前註，第一回，頁2。

翻新上門不過外國人，因此貨色滯銷，本利上都吃了大虧。大凡買
賣做得大，折本更是容易，不知不覺，幾百萬折下去不足為奇，要
想恢復時，資本沒有了；入股的也就懼怕，不敢再入股子。所以中
國的公司，除非一帆風順，方能撐持，一朝失敗，沒有不瓦解的，
是魄力不足的原故。〔註8〕

在列強工商業的壓倒優勢下，中國商人即使有豐富的經驗及悠久的商業傳
統，由於中西雙方背景不同，以及商家膽細力薄，籌資不易等，實業上仍競
爭不過而終歸失敗。而以這樣一位有器識、有理想、能犧牲、不肯走末落王
朝科舉榮生之路的人，最後卻在風雲詭譎的商場中黯然倒下，是否有著作者
向愛國的悲劇英雄深致敬意的言外之意呢？〔註9〕

　　與李伯正齊名的范慕蠡，無錫人，為華發鐵廠的小老板，承襲父親遺下
家私，平日做些買賣，嫖賭吃喝無惡不做，人稱「闊少范」。穿著打扮是「織
金面子的貂皮袍子，緞面的白狐馬褂，帶了兩個金鋼鑽的戒指，一支翡翠玉
的雪茄煙嘴，裝上極品的雪茄煙。」後因認識了幾位有學問有思想的人，漸
漸把舊習暗中移換，並熱心公益，喜做維新事業，成了余知化口中的大實業
家，「開的工藝學堂，辦的勸工所，真是有條有理，日起有功。將來中國的實
業，在他一人身上發達。好在他費用并不多，造就人利益卻不少。」〔註10〕
對傳統商人的蛻變做一次樂觀其成的表現，可以說是作者對晚清商人的期許。

　　晚清小說中經常出現的一類商人便是「掮客」，指「經手買賣者之稱，滬
語也。」〔註11〕掮客一般都不自設舖號，惟恃口舌腰腳，溝通於買主與賣主
之間，賺取佣金。茶樓常常是其營業的處所，其營業項目有珠寶掮客、古董
掮客、洋貨掮客、地皮掮客、房子掮客等，此外，

　　　　將來口岸送給外洋，就有口岸掮客；省分割給外洋，就有省分掮客；
　　　　鐵路礦產賣給外洋，就有鐵路礦產掮客。〔註12〕

雖屬誇譎之詞，但大凡有一種新的交易產生，便產生一種新項目的掮客，因
而出現在晚清小說中的掮客，除了較典型的地皮掮客，如《發財秘訣》的舒
雲旃、《市聲》的汪步青；因捐納盛行而有賣官掮客，如《市聲》的古仲离、

<hr>

〔註 8〕同前註，第三六回，頁262。
〔註 9〕賴芳伶〈論晚清商界小說的實質意義與價值〉，頁167。
〔註10〕同註5，頁263。
〔註11〕《二十年目睹之怪現狀》，第八五回，頁783。
〔註12〕《癡人說夢記》，第十七回，頁118。

尙小棠；因採辦軍裝之需要而有軍裝掮客，如《官場現形記》的魏翩仞、《市聲》的黃贊臣、蕭杭覺。在媒介貿易這一職能上，掮客與買辦是可以互相溝通、彼此補充的，買辦往往可兼任掮客，掮客也可轉化爲買辦，唯二者與洋行之雇用關係有深淺之別。〔註13〕

　　關於掮客的商業活動，以《市聲》裡的掮客大頭目汪步青的描寫較詳細。掮客的酬金通常以一成論，除了明扣尙有暗折，而汪步青靠著掮地皮，幾年下來也積到六萬銀子，買了一所房子，家裡包了馬車。並開了不少錢莊、舖子。雖曾因看到一部《滑頭記》指責「掮地皮的滑頭，怎樣以賤作貴，怎樣欺瞞買主。」而稍爲良心發現，但不過是浮光掠影。〔註14〕當范慕蠡、劉浩三爲開工藝學堂，透過汪步青買地時，汪氏在恭維崇敬的背後，打得仍是連本搭利收回的主意，十萬塊的地卻以十五萬塊成交，平空發了一注大財。末了汪步青卻放棄了掮客之職，開了一個「華整煙廠」，銷場極暢，多中取利，也賺了不少，並一改平時腐敗習慣，其變化之因，汪氏自道：

> 我因掮客的飯，不是正經人吃的，有幾位學堂朋友，都勸我改行，都說要爲久遠之計，除非創辦實業。……只紙煙公司合本還輕……把平時開的幾爿不相干的店都收歇了，獨入了公司的股，算我是第一個大股東。在廠裡掌了全權，事情倒也順手，不但買貨的作不來弊，連做工的想要賺料，都被我覺察出來，辭退了幾個。〔註15〕

對一個滑頭掮客的進步不免有點誇大，這種轉機的安排無非是爲了配合作品的主題，因而在人物性格的刻劃上顯得疏略。

　　此外，小說中對於商人的涉獵，較具時代特色的，如《癡人說夢記》中的廣東肇慶城大富戶酈如舟，酈氏世代經商，至如舟則專辦外國五金器具，在上海開了兩爿五金店，又開了一個鐵廠，家私兩百萬，並熱心捐資興學。〔註16〕另一個在廣東、香港開洋貨字號的區丙，靠販料泡而發了洋財，卻藉地利及平日的老實形象，充作漢奸再發洋財，成了國難商人。〔註17〕本爲了種田而在上海黃浦灘大肆購地的吳和甫，不下二三百畝的地，都是三四十吊錢買來的，還沒墾土，就有外國人來買他的地皮，隨著上海地價的高漲，不但隨手賣出，又

〔註13〕聶寶璋《中國買辦資產階級的發生》，頁15。
〔註14〕《市聲》，第二二回，頁163。
〔註15〕同前註，第三四回，頁248～249。
〔註16〕同註12，第六回，頁36。
〔註17〕《發財秘訣》，第一～三回。

趁便買進，家私不下數百萬，成了列強經濟侵略下的暴發戶，平日除了花天酒地，自己、兒子、侄子都捐了道台，算是天下第一等取巧的買賣。〔註18〕至於其他各種投機的營業，不外囤積貨物、賤買貴賣，如煤油、金鎊等，在通商口岸的商業環境裡是富於投機的引誘性，〔註19〕因而致富或破產的，在以上海為場景的小說中是不乏描寫的。〔註20〕

　　商人的反叛取向往往是傳統四種功能團體中最低的。〔註21〕傳統商人常以集體「罷市」的方式來抗議當政者的橫徵強索，如《文明小史》第九回及三十三回的描寫。又如上海寧波人與法人爭四明公所的地址，便是商輟業、工罷工，以全數全力自保。〔註22〕然而在《黃金世界》一片反對華工禁約、抵制美貨的呼聲中，商界雖有許多鉅商自動響應此一運動，但迫於龐大複雜的經濟結構變化，不但堅持到底的商人不多，甚至不少投機商人趁著抵制時期暗中加倍訂購美貨，作者評之「除自私自利外，別無思想，誠不如下流社會。」〔註23〕商人私利心重便難結團體，即使結了團體，卻礙於省界之見。業美貨的鉅商多為寧波人，商會領袖亦以寧波人為多，「在我輩認為同胞全體公共之利害，在寧商目中，只見多數之粵人，少數之閩人，與彼無所關涉。」〔註24〕因此，就整體而言，商人在反抗政府或支持民族運動中所扮演的角色是相當有限的，在《上海遊驂錄》中寫一個海外回國的商人，逢人便諄諄樂道入了興中會，對於革命的宗旨，卻茫然不解，〔註25〕寫出了商人的政治關懷甚至政治知識是不足的。或因於此種傳統的商人形象，便有懷抱政治理想的人士，假扮商人以進行其政治活動。〔註26〕

〔註18〕《市聲》，第一五回，頁118。
〔註19〕郝延平〈中國近代沿海商業的不穩定性〉（食貨月刊，第7卷8、9期，民國66年11月），頁373。
〔註20〕如《市聲》第三回寫錢伯廉因囤積煤油而賺了一筆，相反的例子則見於第十回。
〔註21〕楊聯陞著，段昌國譯〈傳統中國政府對城市商人的統制〉，收入《中國思想與制度論集》，頁397。
〔註22〕四明公所為寧波旅滬同鄉會館，法人在上海劃定租界後，曾於同治十三年及光緒二十四年，先後藉築路及公所所有地未定等理由，以武力強行拆毀公所圍牆，又要求遷移義塚，引起旅滬寧波人群起反抗。《市聲》第一回及《黃金世界》第十七回，皆提及此事。
〔註23〕《黃金世界》，第十七回，頁120。
〔註24〕同前註，第十八回，頁122。
〔註25〕《上海遊驂錄》，第十回，頁55。
〔註26〕《癡人說夢記》，第十七、十八回。

傳統商人即使在政治上有所投資，如捐官買爵，也是積於保障本身的地位與財富，這種保守傾向，或因於商人所依賴於社會秩序的投資與利益之處太多，以及傳統抑商政策的殘餘影響。總之，商人與知識分子不同，他們的特徵在於追逐利潤，故其基本心態是機敏、膽識與競爭，唯有在維持政治的現狀下，始能獲得最高的利益，對於任何形式的政治破壞，他們自是反對。然而即使他們願意參與反抗，本身亦很少單獨發生作用，往往是其他龐大團體中的助力。

第二節　紳　商

隨著重商思想的發展，至二十世紀初，商人、士紳、官銜三者的結合，形成一新的紳商階層。「紳商」一詞通常包括經商的官吏和士紳，以及擁有功名的商人，其間雖難有清楚的界限，然其共同的特徵即參與商業。此兩種不同卻又並列的類型，又與傳統士紳和一般商人有所不同。他們多分佈在通商口岸，形成本身共有的生活形態、價值觀念及對於社會、政治立場的取向。〔註27〕

由於捐納制度的盛行，捐官買爵成了富商入仕的捷徑。光緒三十三年（西元1907年），朝廷頒布華商辦理實業爵賞章程，小說作者諷之為「看錢論貨，與從前的賑捐辦法，似一而二，似二而一」，〔註28〕以名利爵秩號召國人務商，固為重商之具體實踐，而商人地位之改變及士紳結構之擴大，則為其影響。

「資格程度」是商人能與王公大臣接洽之本，〔註29〕官銜是商人進入官府取得參與工商職務的必備資格，或尋求官方支持所應具有的，〔註30〕因此許多富商便藉著捐納膺獲官銜，躍登搢紳之列而成為紳商。《文明小史》中的黎惟忠觀察，便是以商業起家，在香港貿易，而為江蘇省紳商公舉為辦理鐵路的負責人。〔註31〕然最著名的例子是浙江富商胡光墉。

胡光墉，字雪巖，號慶餘，浙江錢塘人。在咸、同、光年間，建立了一個包括錢莊、當舖、製藥、絲繭以及其他商品貿易的企業王國。其成功是辛勤工作、好運及富有冒險精神的結果，然而更重要的是，胡氏一直為巡撫王有齡及總督左宗棠的財政幕友與採購者。由江西候補道員，經左宗棠歷次保

〔註27〕 陳錦江〈清末的政府、商人與實業〉，見《劍橋中國史晚清篇》第十一冊，頁469。
〔註28〕 《新鏡花緣》，第九回，《月月小說》第十五號，頁76。
〔註29〕 同前註，頁76～77。
〔註30〕 同註27，頁472。
〔註31〕 《文明小史》，第四七回，頁375～376。

舉，先後蒙清廷賞加鹽運使、按察使、布政使等榮銜，並欽賜黃褂，可說是由商而宦，以致身兼商宦，然其主要地位仍是商業的經營。

胡光墉在同治至光緒初年間，素有「財神」之稱，從他發財到破產，全國金融界皆受到極大的影響。對於這樣一位鉅商富賈，晚清小說中觸及之處亦不少，如《二十年目睹之怪現狀》的古雨山，《海上花列傳》的黎篆鴻，以及《九尾狐》中寫雪巖納妾，可見其名聲已至「婦孺類能言之」的地步。《胡雪巖外傳》則是著眼於胡氏家室的種種，包括其發跡與敗落，然於晚清的金融界著墨有限，否則當可一窺晚清金融富商的經濟活動。

關於胡光墉的來歷，當自其與浙江巡撫王有齡的關係始，

> 弱冠時節，也曾棄儒為商，在某錢鋪籠徒數年。繼以故舊吹噓，得
> 入前浙撫王中丞之幕，因其為人有古道風，得中丞賞識。當時賊匪
> 亂臨城下，中丞早拚捐軀以報君民，將細累家事重託此公。詎適奉
> 運餉差遣回，而城已陷，胡君遂將餉轉運江蘇，以濟急需。〔註32〕

左宗棠繼之為浙江巡撫後，胡光墉便與左氏建立關係，舉凡左氏平太平天國、捻亂等，皆由胡光墉負責籌軍餉、購軍火。在公私兼顧下，不僅順利達成左氏所賦與的任務，並奠定了私人的事業基礎，「攏總胡府裡是有三十二爿典當，十八爿金號，都從阜康裡通個。」〔註33〕

胡光墉可以說是個「海派作風」的創始者，在「身體肥胖，面貌堂皇，兩道濃眉，一張方臉，只下頜略形尖些，卻有一部好髭鬚蓋住，越覺方福，雙目灼灼有光，精神頗足」〔註34〕的形象背後，過得是揮霍無度、奢華如帝王般的私生活。在全書十二回的《胡雪巖外傳》中，作者以建築杭州私邸花園為始，為著一個花園，不但耗費了不可數計的經濟，工人死傷更是無算。而花園內的私生活成了整部作品的描寫重心，因此作者便有意襲取《紅樓夢》的主架構。〔註35〕此外，我們仍可看到胡氏勢力之及於地方及於官，並養了一些清客幫閒者替他裝點門面，以及擁有先進的科技用品——德律風（電話）、自鳴鐘等。

除以經濟家著稱外，胡氏也以慈善家聞名，如錢江義渡、籌餉助賑、太平

〔註32〕《胡雪巖外傳》，第一回，頁3。
〔註33〕同前註，第七回，頁32。
〔註34〕同前註，第三回，頁11。
〔註35〕賴芳伶前引文，頁162。

天國後設難民局，「凡浙江最大的善舉，不是他為首倡，也是他為協助」，〔註36〕
在《胡雪巖外傳》的第十回寫到為老太太做些功德，捨米多賑，飢民一再訛領，
胡氏為免重複領米，「凡已得了米去的，把他眉毛剃去，做了記號，那他第二次
再來，便一望而知的了。」被剃了眉的窮民一個個不像個人，年關將到，無處
弄錢，便糾集三百多人擁到胡宅前喊叫討眉毛。這種近似鬧劇的描寫不免顯得
誇張，然是否為作者對富賈豪商的善行義舉所提出的一種質疑？而在此舉中，
也寫出了其手下的人如何層層剝削，藉其勢力欺壓平民。極清寒的魏實甫，自
擔任了打樣監工之後，便成了一個闊人，多賑之際，「把米施捨一半，變賣一半，
早弄下了好幾個錢，因便裝璜門第，招留奴婢起來。」〔註37〕所以胡府上出去
的人，都會發了財。人事管理的疏略可以說是胡光墉最後失敗的原因之一。

　　私生活過於靡費，現金週轉不靈，及各地經理人的中飽，多年累積而成
的經濟危機，終使其錢莊事業一夜之間土崩瓦解，作者認為其失敗是因於：

　　立於商戰之世，素來不明商學，全靠這些天生的宿根，動要與外人
　　爭衡，竊恐驕奢事小，頑錮禍大，逃不過盛極必衰的道理。〔註38〕

胡光墉以一人之力，壟斷居奇，與外人爭衡，獲利無算，但也因之失敗。外
商排山倒海而來的勢力及對國際市場的操縱，亦非胡光墉一人之力所能抗
衡。而清廷當此之際，卻下了道將胡光墉革職查抄的上諭，浙東市隱即指出
清廷的不義：

　　夫以君之冒險進取，能見其大，使更加以學問，而又得國家保護之
　　力，以從事於商戰最劇之舞臺，我中國若茶、若絲金銀鎊圓，商業
　　之進步必大有可觀，豈必一蹶不振，竟至於是乎？乃或始賴其力，
　　終且背之，甚者更下石焉。於國家保護之力既不可得，而君亦爭閒
　　使氣，不為文明之冒險，而近野蠻之冒險，……而孰知奢侈報小，
　　頑錮禍大乎？〔註39〕

對於胡光墉的地位，作序者認為「自君一敗，而中國商業社會上之響絕音沈
者幾二十年」，其人之成敗對晚清商界實有舉足輕重的影響。從《胡雪巖外傳》
中雖無法獲知此一名商富賈更進一步的商業經營，但短短十二回目，卻也指

〔註36〕《胡雪巖外傳》，頁2。
〔註37〕同前註，第十回，頁5。
〔註38〕同前註，第一回，頁3。
〔註39〕《胡雪巖外傳》序，頁1。

陳出人生無常的主題來，使讀者在品味書中的花柳繁華，溫柔富貴的同時，亦不能或忘當日舉世滔滔、風雨飄搖的危機感。〔註40〕

十九世紀以降，工商業成了利潤豐厚的園地，士紳直接或間接地經營工商業者爲數已不少，後又有官督商辦或官商合辦等措施，士紳和商人已很難清楚的劃分，因此，不僅商人持續躍升爲士紳，正途出身的士紳亦投身工商業的經營，擴大了紳商階層的結構。

然而士紳往往不公開地從商，開丸藥店的知縣孫胡令即云：「自從卑職入了仕途，把丸藥鋪改了公司，爲的是做官的人，不便再做生意買賣，叫上頭曉得了說話。」〔註41〕安徽候補知府刁邁彭在騙得張守財的家產後，出股本三十萬在上海頂了一爿絲廠，並拼了六萬與人合股開一個小輪船公司，皆保舉自己的兄弟及姪少爺爲絲廠的總理及輪船公司的副擋手，亦無非因於官身不便。〔註42〕

《二十年目睹之怪現狀》中的江寧知縣吳繼之，家裡本是經商出身，然身爲地方官，「不便出面做生意，所以一切都用的是某記，並不出名」，對外宣稱商店是屬於其友九死一生的。其事業是以上海爲總字號，專辦客貨轉運買賣，此外蘇州亦設分號，並沿著長江流域各岸及廣東等地開闢碼頭。其事業仍奠基於家族，各號裡都派了本族人，以本族人管事「左右比外人靠得住些」。而藉著九死一生到處訪察市面、稽查帳目，舖陳出腐敗社會的種種現象。對於身兼官與商，吳繼之因「世代是出來做官的，先人的期望我，是如此；所以我也不得不如此，還了先人的期望；已經還過了，我就可告無罪了。以後的日子，我就要自己做主了。」爲了免於受官場的醲醲氣，吳繼之後來便棄官從商。由此可看出，家族的延續仍是商人的終極關懷，事商或爲官均是完成此目標的手段，先賈後儒或家族分工，皆爲商賈世家經常採取的方式。〔註43〕吳繼之的棄官從商，或因於商人地位已有所提升，形成觀念的改變，然而在《二十年目睹之怪現狀》中，無疑地代表了作者對黑暗官場的失望與不滿。隨著故事的結束，吳繼之的事業因任用之人捲款而逃，牽連全局，終告失敗。

官員以私人身分投資商業，在某一層面上已擁有了官方的保護；而商人，

〔註40〕同註36。

〔註41〕《官場現形記》，第二十回，頁290。

〔註42〕同前註，第五十回，頁764。

〔註43〕參閱陳其南〈再論儒家文化與傳統商人的職業倫理——明清徽州商人的職業觀與儒家〉（當代，第11期，西元1987年3月），頁77～81。

不論是商優而仕或捐得官銜，都有利於其私人或半官方企業的擴展。然而對於企業管理缺乏認識，人事上多依賴私人任用，加上技術及訊息的不足，甚至將官場的排場陋習帶入私人企業，如《市聲》中的陸仲時，為湖南候補知縣出身，遭革職後被請為「華經煙廠」的經理，只弄得一團糟。似乎紳商階層的加入工商業，並未能扭轉中國經濟的劣勢。

第三節　買辦商人

　　買辦是西方衝擊下的產物，以其獨特的地位，往往能在短時間內致富，成為十里洋場的新貴。然相異於傳統商人，買辦的財富與地位多係依賴外國商人而得。在累積大量的資金後，買辦多兼營個人的商業，或進而轉向近代化企業的投資。在身兼買辦及商人的雙重身分下，參與著近代中國商業的發展，成為通商口岸的新興階層，即所謂「買辦商人」。

　　由於「具備某種商業能力」，是外商遴選中國人成為其洋行買辦的重要條件之一，因而買辦常是商人出身，他們原已從事高利貸或進出口貿易，如怡和洋行買辦楊坊本是經營絲行、錢莊的商人，美商旗昌洋行買辦吳健彰則出身於行商，因而在累積資本後，複利用買辦的力量繼續經營商業，使其經濟力量呈現迅速的擴張，與傳統商人、士紳較固定、靜態的經濟行為不同。如上海買辦楊坊，個人累積了數百萬兩的資產；旗昌洋行買辦陳竹萍，在一八六○年代的上海，不僅是大絲商和茶商，同時也購買輪船，擁有租界中大量房地產；怡和洋行買辦何東是十九世紀末香港最富有的華商；寶順洋行買辦出身的徐潤，在一八八○年代，與怡和洋行總買辦出身的唐廷樞創辦輪船招商局及開平煤礦、機器、金礦，共投資了約二百餘萬兩銀，尚有房地產五千餘間，土地三千餘畝，及其他當舖、錢莊等企業。〔註44〕在與外人直接而廣泛的接觸後，買辦往往較傳統商人具有投資者的眼光和經營者的技術，在中國早期工業化的事業中扮演極吃重的角色。經由買辦及買辦商人所觀察得來的西方商業實務，也為傳統的中國商業文化注入新的成份，帶給中國商人階層新的經濟觀念及社會態度。

　　在晚清小說中一片反買辦的聲浪下，《文明小史》中的上海財東花清抱倒是個事業經營有成，並具有傳統美德的買辦商人。花清抱為寧波人，出身於

〔註44〕郝延平〈買辦商人──晚清通商口岸──新興階層〉（故宮文獻，2卷1期，民國59年12月），頁36。

農家，十八歲那年，因覺得種田沒出息，便變賣家中的耕牛，到上海闖天下。最初只是販些時新果子、肥皂、香煙之類，搭個划子船，等輪船進口時，做些小經紀，倒有些盈餘。因拾洋人的遺財而不昧，自此為洋人請為洋行買辦。月薪二百兩，薪水用不完，只有積聚下來。積聚多了就做些私貨買賣，常常得利，手中也有十來萬銀子的光景。不到十年，洋人要回國，除將現銀提出帶回，所有貨物便酬謝花清抱。花氏襲了這分財產，又認得了些外國人，買賣做得圓通，大家都願意照顧他，三五年間分開了幾爿洋行，已經有三四百萬家業。到了六十多歲，便將店務交給夥計去辦，自己除了捐了個二品銜的候選道臺，結識幾個文墨人，逍遙觸詠、自得其樂外，由於自恨不曾讀過書，便想要做些學務上的事業，以博取名譽：

> 我們寧波人流寓上海，正苦沒有個好先生教導子弟，……莫如開個
> 蒙學堂罷，我獨捐十萬銀子。〔註45〕

花清抱一生的經歷可謂為買辦商人的典型，誠信與勤儉是作者強調花清抱成功的因素，穩固的經營方式則是其致富的原由。官爵的追求仍是大部分中國富商所不能忘卻藉以提升社會地位的方式，為博取士林的讚誦而興辦學堂，在回饋社會之際，其志仍在於欲擁有同士紳般的社會地位。

為了配合《市聲》作品主題的轉變，早期專門勾結官吏、搾取佣金的軍火買辦單子肅，除了持續洋行買辦的職務外，末了並運用股分方式集資，與王道台等人開辦「華經紙煙公司」。企業經營之初，面臨了人事管理的不善，工人薪資微薄，便有偷工減料，甚而私販原料的情形，以致貨色滯銷，危及公司營運。至此，作者一反買辦負面形象的刻劃，單子肅不但是個經商好手，並獨力將工廠整頓得煥然一新，也擴大了紙煙的銷場。對於中國商界的前景，單子肅亦表現出其遠慮：

> 見這行買賣賺錢，便大家蜂擁去做；見一家折本，個個寒心，商界因
> 此不能發達。不但不肯做的，添了商界許多阻力；就是那蜂擁而做的，
> 也是商界的大阻力。以此推論，中國的商人，都是這個性質，必有一
> 天，同歸於盡的。除非有些資本大，或是團結堅的人，方能支持下去
> 哩。將來商界中戰勝的，都是資本大，或團結堅的人。〔註46〕

以今日工商社會的標準而言，這番話仍是非常有見地的。「買辦」因其職務，

〔註45〕《文明小史》，第二一回，頁165～167。
〔註46〕《市聲》，第三五回，頁258。

本身往往形成兩極化的發展，姑不論作者對人物性格轉化的技巧掌握的如何，卻也表現出買辦階層的複雜性格。

買辦商人雖擁有較迅速的經濟擴張力，但處於通商口岸的商業環境下，其財產的波動亦十分劇烈，常有破產之事發生。《市聲》裡的周仲和，平日除勉爲申張洋行買辦，本身亦兼營「祥和綢緞庄」，並與錢伯廉、范慕蠡等人合股收繭子。後因做買賣不夠勤快，爲洋東解雇出行，自己經營的店也虧了本，便封釘了店面，潛逃他方，曾經與周仲和合夥的張老四便歎道：

> 你說上海的事靠得住靠不住，可怕不可怕！一般場面上的人，鬧得
>
> 坍了台，便給腳底你看哩！〔註47〕

買辦商人在具有特別的知識及經驗後，也較具冒險的精神，肯試營不同的行業。但長期投資冒險與短視的投機行爲則有所不同，中國買辦商人似乎較把注意力放在短視的投機營業上，這種投機行爲對中國新式工業的發展是無益反損。〔註48〕

買辦商人是中西文化的混合物，他是中西文化交會之初的「中間人」，也是一種典型的「邊際人」。〔註49〕「中間人」或「邊際人」並不能爲歷史的主像，然正因爲買辦商人是中西之間的媒介，才能對中國的經濟、社會、政治、文化各方面產生影響，而參與了中國近代史的塑造工作。

〔註47〕同前註，第十二回，頁 94。
〔註48〕郝延平 "The Comprador in Nineteenth Century China: Bridge between East and West"，頁 150。
〔註49〕同前註，頁 9。

第五章　結　論

　　晚清小說，由於其發展背景的特殊，形成其特有的文學氣象，歷來研究者，或者強調它的文學性質，或者注意它的歷史意義，無論如何，都不能不承認晚清小說繁富的成果。

　　就文學性質而言，晚清，在梁啓超倡言「小說界革命」後，配合文學思潮的演變、新聞事業的蓬勃等因素，小說不僅成爲批評社會的利器，並演爲文學形式中的主導力量。這股力量可以說是五四新文學運動的精神源頭。

　　由於受到梁啓超等人所鼓吹小說實用功能論的影響，大部分的晚清小說作者在創作時，關注的是如何提升讀者階層對其中心意旨的支持與參與。極度的社會焦慮感加上爲適應新聞紙性質的關係，使得作品呈現出歧出紛雜的結構、眾多混淆的角色，以及誇張嘲謔的風格，難以合乎嚴格的小說藝術要求。面對這種異於傳統文學風格作品的大量出現，我們如能以異於傳統小說藝術的角度加以檢視，也許較能正視其在小說藝術中特有的價值。

　　晚清小說，自魯迅以「譴責小說」指稱以來，學者多以針砭時事、嘲弄風俗來標榜其特色，而視體制散漫、內容浮誇等爲其不可掩蓋的缺陷，即魯迅所謂「雖命意在於匡世，似與諷刺小說同倫，而辭氣浮露，筆無藏鋒。」〔註1〕此論點雖屬鑿鑿，卻也因此局限了對晚清小說的研究。近來便有學者試圖重估「譴責小說」在「譴責」目的以外，所能擁有的複雜意義層面。〔註2〕在繼承諷刺批判性的文學傳統之餘，晚清小說在敘述結構及意識形態上，卻產生一種反傳統的文學規格。

〔註1〕魯迅《中國小說史》，頁296。
〔註2〕王德威〈「譴責」以外的喧囂──試探晚清小說的鬧劇意義〉，收入《從劉鶚到王禎和》，頁70。

　　密切結合當時的社會狀況，是晚清小說作家創作的主要精神，然而在譏世諷俗的前題下，作者卻投注龐大的精力與筆墨在揭發社會各階層的醜態，以前所未喧嚷諷謔、嘈雜混亂的敘述體，呈現出一是非混淆、價值顛倒的世界。這種帶有作者否定性的美學評價，〔註3〕在對現實不同層次的反映之際，其所衍生的近乎「鬧劇」的模式，〔註4〕當是最能引起讀者心靈震動與閱讀興趣的。因而小說最精彩的部分，未必是作者正經八百的論述，反而可能是其辭意矛盾或意在言外的部分。〔註5〕在「與一人俱起，亦即與其人俱訖，若斷若續」的情節結構中，各情節似乎各不相屬，但內裡均臣屬同一鬧劇式邏輯。因此，在挪揄嘲弄中，本身亦醞釀發展出一套自家「秩序」，而此等「秩序」對正常的社會秩序往往產生極大的逆轉。在這個群醜跳樑的小說社會裡，一向被視之為當然的道德禮法，卻變得扞格不入，正面人物在其中也顯得唐突尷尬，似乎只有服膺這個社會的新「法則」的人，才能掙得一席之地。在承繼舊有印象的「商界」描寫中，這種違反傳統、乖離正道的情形尤其明顯，雖然這些局騙、勾搭的情節並非第一次出現在小說中，但種種接二連三、層出不窮的怪現狀，以「譴責」的眼光視之，足徵作者諷刺社會的苦心，讀之令人義憤填膺，若從「鬧劇」的角度而言，是否有作者刻意誇大其荒謬惹笑處，以滿足讀者興趣的動機，因而帶動了敘述結構及意識形態的改變？就此，晚清小說所能實踐的社教功能到底有多少，實是很難估定的。小說理論、作者意圖與作品實際表現間的差異，可見一斑。如此以「偏鋒」取勝的作品，自是難入於文學傳統的主流，但其所匯集的一股桀驁不馴的創作力量，卻明顯影響到五四以後的小說。〔註6〕

　　其次，將創作題材根植於對現實社會現象的反省或批判，是晚清小說的主要特色，小說確實也反映了晚清社會的諸多現象，透露出危機社會的各種訊息。以「商界」的描寫而言，晚清小說反映了自五口通商以來，中國商業界所面臨的狀況，直截地表現出時代脈搏的律動。依據主題可以看到，在最

〔註3〕　此觀點引自葉朗《中國小說美學》，頁212。

〔註4〕　「作為一種敘述形式而言，『鬧劇』指的是一種寫作型態，這一型態專門挪揄傾覆各種形式和主題上的成規，攻擊預設的價值，也以誇張放肆的喜劇行動來考驗觀眾的感受。」王德威前引書，頁151。

〔註5〕　王德威〈現代文學史理論的文、史之爭——以近代中國政治小說的研究為例〉，收入《從劉鶚到王禎和》，頁317。

〔註6〕　王德威前引書，頁75。

直接承受西力衝擊下的中國商業界，如何持續、如何應變，是成功、抑是失敗。然而無論如何，觸及商界描寫的內容，多少帶有作者譴責的深意，加上誇大嘲謔的風格，不免令人對其「寫實」的層面有所質疑。

　　封建體制的腐化衰爛及帝國主義的經濟侵略，是中國商界各種問題的關鍵所在，晚清小說對於商界中所呈露的人情的險詐、人性的醜陋，仍是毫不留情的揭露；對於官僚的腐敗，在官與商同時出現的場景中依究加以撻伐；對於崇洋懼外的現象及買辦人物的行徑，亦是無所保留的抨擊；在一些所謂的「商界小說」中，更表現了前所未見的重商精神，在提倡振興實業之際，卻也指出商人必須自覺、獨立，且不同官府掛鉤的途徑來。對於帝國主義的經濟鉗制，小說卻透露出一種消極抵制的態度，甚至企圖以個人或民間的力量力挽狂瀾，終究抵不過歐美資本主義浪潮而失敗。從本質上言，晚清小說對商界現象的取材，範圍多集中在南方沿江沿海的各種現象，對整個中國商業界而言，其普遍性仍嫌不足；而其描寫亦未能觸及商業問題的關鍵所在，但這並非意味著作者必須精通商務後，才能充分寫出商業界的病源，而是涉及小說作者的世界觀的問題。〔註7〕

　　雖然小說家容或只能洞見片面社會的事實，無能觀照歷史的全貌，但其所孜矻堆砌起來的時代訊息的點是不容漠視的，許多商場的畸型現象，讀來實有歷久彌新之感。這種自覺或非自覺地暴露社會現實，雖未能寫出歷史發展的趨勢，但也未能對當時的政治體制有絲毫修補作用，其客觀的藝術效果仍有其破壞作用。無庸諱言的，五四以來寫實小說的諷刺意圖與政治關懷，是受晚清小說家此一精神的影響。

　　本論文藉著「商界」的主題，看晚清小說作家如何憑藉經驗及想像，塑造、詮釋他們所面對的歷史現象，又「商務」的觀念與實踐曾如何在晚清小說作品中，留下另一層力量運作的痕跡。這類的題材在小說史上可以說是「空前」的，其所呈現的時代意義，爲剖析我國近代轉變所必須面臨的基本問題之一。近代中國如不能擺脫次殖民地的命運，便難以建立民族工業，走入現代國家之林。這情況一直到三〇年代，似乎還一直成爲小說家（如茅盾的《子夜》等）熟悉的題材。〔註8〕隨著時代的演進，小說中所描寫的商界風氣是否

〔註7〕　時萌〈關於評價晚清譴責小說的一些看法〉，原載西元 1978 年 11 月 28 日光
　　　　明日報，收入《中國近代文學論文集》小說卷，頁 228～232。
〔註8〕　尉天驄〈晚清社會與晚清小說〉，《漢學論文集》第三集，頁 99。

已煙消雲散？崇洋懼外的心態是否能蕩然無存？買辦人物是否已淹沒在歷史的河流中？在與近代史不遠的距離中，眼見這些現象、心態與人物也隨著時代的推演而前進，商人的地位有了空前的提升，新的官商關係卻也在滋長，許多怪現狀仍有所延續，只不過在現代的潮流中，或著上時新的色彩，或加上繁複的包裝及種種儱人的名目。

晚清小說作家對於當時的中國商界，其負面的刻劃要多於正面的描寫，這或因於時局的飄搖及作者寫作的態度。然而不僅在晚清腐化的社會中有其歷史意義，迄今，在八○年代的臺灣，經歷了四十年資本主義的發展，在累積龐大的財富之餘，反映在小說中的商界現象更可以帶動我們作深一層次的思考與反省。特別是以資本主義在西方的穩固發展下，其模式卻已產生負面影響遠大於正面成果的危機，而我們現代工商業的發展又以橫的移植壓倒縱的繼承。當此之際，彼岸的中國人在經過四十年的試驗，到今日所提出的「河殤」，卻是對傳統文化的否定及資本主義的崇尚，這正是我們該對中國經濟的近代化問題作一回顧與前瞻的時候了。

參考書目

一、小說、報刊

1. 《二十年目睹之怪現狀》，吳趼人，台北，廣雅出版社晚清小說大系，民國 73 年（以下簡稱廣雅版）。

2. 《二十載繁華夢》，黃小配，廣雅版。

3. 《九尾狐》，評花主人，廣雅版。

4. 《九尾龜》，張春帆，廣雅版。

5. 《上海遊驂錄》，吳趼人，廣雅版。

6. 《文明小說》，李伯元，廣雅版。

7. 《市聲》，姬文，廣雅版。

8. 《冷眼觀》，八寶王郎，廣雅版。

9. 《官場現形記》，李伯元，廣雅版。

10. 《官場維新記》，無名氏，廣雅版。

11. 《近十年之怪現狀》，吳趼人，廣雅版。

12. 《胡雪巖外傳》，大橋式羽，廣雅版。

13. 《海上花列傳》，韓子雲，廣雅版。

14. 《商界第一偉人》，憂患餘生，廣雅版。

15. 《黃金世界》，碧荷館主人，廣雅版。

16. 《黑籍冤魂》，彭養鷗，廣雅版。

17. 《發財秘訣》，吳趼人，廣雅版。

18. 《糊塗世界》，吳趼人，廣雅版。

19. 《新鏡花緣》，蕭然鬱生，《月月小說》第 9～11；13～15；22～23 號。

20. 《孽海花》，曾樸，廣雅版。

21. 《月月小說》，吳趼人等編，東京東豐書店重印，光緒 32 年～34 年，民國 68 年。

22. 《申報》，上海申報館編，台北，學生書局影印，民國 54 年。

23. 《萬國公報》，台北，華文書局影印本，民國 57 年。

二、專　著

（一）文學類

1. 《小説考證》，蔣瑞藻，上海，商務印書館，民國 24 年。

2. 《人境廬詩草》，黃遵憲，上海，商務印書館，民國 26 年。

3. 《晚清的白話文運動》，譚彼岸，武漢，湖北人民出版社，1956 年。

4. 《晚清文藝報刊述略》，阿英，古典文學出版社，1958 年。

5. 《庸閒齋筆記——筆記小説大觀》，陳其元，台北，新興書局，民國 49 年，影印本。

6. 《晚清文學叢鈔——小説戲曲研究卷》，阿英，上海，中華書局，1960 年。

7. 《飲冰室文集》，梁啓超，台北，中華書局，民國 49 年。

8. 《李文忠公全集》，李鴻章，台北，文海出版社，民國 51 年，影印本。

9. 《清稗類鈔》，徐珂，台北，商務印書館，民國 55 年，台一版。

10. 《瀛壖雜志》，王韜，台北，廣文書局，民國 58 年，影印本。

11. 《文廷式全集》，文廷式，台北，大華書局，民國 58 年，影印本。

12. 《中國小説史》，郭箴一，台北，商務印書館，民國 58 年，台三版。

13. 《清代軼聞》，裘匡盧，台北，華文出版社，1969 年。

14. 《中國文學研究》，鄭振鐸，台北，明倫出版社。

15. 《晚清小説史》，阿英，中華書局。

16. 《我佛山人筆記》，吳趼人，台北，文海出版社，民國 61 年。

17. 《四庫全書總目》，紀昀，台北，商務印書館，民國 61 年。

18. 《教育遺議》，陳子褒，台北，文海出版社，民國 62 年，影印本。

19. 《歷代娼妓史——筆記小説大觀七編》，不著撰者，台北，新興書局，民國 64 年。

20. 《晚清戲曲小説目》，阿英，香港，中華書局，1975 年重版。

21. 《文苑談往》，楊世驥，台北，華世出版社，民國 67 年。

22. 《左文襄公全集》，左宗棠，台北，文海出版社，民國 68 年，影印本。

23. 《阿英文集》，阿英，香港，三聯書店，1979 年。

24. 《晚清譴責小説的歷史意義》，林瑞明，台北，台大文史叢刊之五十六，民國 69 年。

25. 《小說閒談四種》，阿英，上海，古籍出版社，1980年。

26. 《新文學運動史資料》，帕米爾書店，台北，帕米爾書店，民國69年。

27. 《鴛鴦蝴蝶派資料》，魏紹昌編，香港，三聯書店，1980年。

28. 《嚴復傳記資料》，朱傳譽，台北，天一書局，民國70年。

29. 《韓子雲傳記資料》，朱傳譽，台北，天一書局，民國70年。

30. 《劉鶚傳記資料》，朱傳譽，台北，天一書局，民國70年。

31. 《曾孟樸傳記資料》，朱傳譽，台北，天一書局，民國70年。

32. 《梁啓超傳記資料》，朱傳譽，台北，天一書局，民國70年。

33. 《林琴南傳記資料》，朱傳譽，台北，天一書局，民國70年。

34. 《吳趼人傳記資料》，朱傳譽，台北，天一書局，民國70年。

35. 《李伯元傳記資料》，朱傳譽，台北，天一書局，民國70年。

36. 《林紓的翻譯》，錢鍾書等著，北京，商務印書館，1981年。

37. 《中國近代文學論文集——概論卷》，社會科學院，北京，中國社會科學出版社，1981年。

38. 《中國小說欣賞導讀》，胡懷琛等撰，台北，莊嚴出版社，民國70年。

39. 《中國近代禦外侮文學集》，阿英，台北，廣雅出版社，民國71年。

40. 《中國近代文論選》，郭紹虞主編，台北，木鐸出版社，民國71年。

41. 《小說見聞錄》，戴不凡，台北，木鐸出版社，民國72年。

42. 《莊子集釋》，清郭慶藩，台北，漢京文化公司，民國72年。

43. 《新編中國文學史》，研究委員會，文復書局，試印本。

44. 《中國近代文學論文集——小說卷》，社會科學院，北京，中國社會科學出版社，1981年。

45. 《漢學論文集第三集晚清小說專號》，政大中文系，台北，文史哲出版社，民國73年。

46. 《清代學術概論》，梁啓超，台北，華正書局，民國73年。

47. 《小說技巧》，胡菊人，台北，遠景出版社，民國73年。

48. 《晚清小說大系》，尉天驄等編，台北，廣雅出版社，民國73年。

49. 《南亭筆記——筆記小說大觀三六編》，李伯元，台北，新興書局，民國73年。

50. 《文學論》，韋勒克等著，王夢鷗等譯，台北，志文出版社，民國74年。

51. 《中國文學中的小說傳說》，西諦，台北，木鐸出版社，民國74年。

52. 《中國小說史略》，魯迅，台北，谷風出版社。

53. 《老上海——筆記小說大觀四一編》，伯熙，台北，新興書局，民國75年。

54. 《中國小說史》，孟瑤，台北，傳記文學出版社，民國 75 年。

55. 《晚清小說理論研究》，康來新，台北，大安出版社，民國 75 年。

56. 《文明小史探論》，倪台瑛，文津出版社，民國 75 年。

57. 《神話與小說》，王孝廉，台北，時報文化公司，民國 75 年。

58. 《從劉鶚到王禎和》，王德威，台北，時報文化公司，民國 75 年。

59. 《中國美學史大綱》，葉朗，台北，滄浪出版社，民國 75 年。

60. 《明清小說探幽》，蔡國梁，台北，木鐸出版社，民國 76 年。

61. 《中國小說美學》，葉朗，台北，里仁書局，民國 76 年。

62. 《晚清小說研究》，林明德編，台北，聯經出版公司，民國 77 年。

（二）歷史類

1. 《中國買辦制》，沙烏楷，上海，商務印書館，民國 23 年第一版。

2. 《讀史札記》，吳晗，香港，三聯書店，1956 年。

3. 《中國近代出版史料》初編、二編，張靜廬，上海，群聯書店，1957 年。

4. 《中國報業小史》，袁昶超，台北，新聞天地社，民國 46 年初版。

5. 《中國近代工業史資料第一輯》，孫毓棠主編，台北，文海出版社。

6. 《中國近代工業史資料第二輯》，汪敬虞主編，北京，科學出版社，1957 年。

7. 《清朝續文獻通考》，劉錦藻撰，台北，新興書局，民國 48 年，影印本。

8. 《清朝野史大觀》，小橫香室主人編，台北，中華書局，民國 48 年，影印本。

9. 《十二朝東華錄》，王先謙纂修，台北，文海出版社。

10. 《廣東十三行考》，梁嘉彬，台中，東海大學，民國 49 年，鉛印本再版。

11. 《中國近代史上冊》，范文瀾，北京，人民出版社，1962 年，十七刷。

12. 《清代籌辦夷務始末》，台北，國風出版社，民國 52 年。

13. 《清末對外交涉條約輯》，許同莘等編，台北，國風出版社，民國 52 年，影印本。

14. 《晚清的收回礦權運動》，李恩涵，台北，中研院近代史研究所，民國 52 年。

15. 《黃爵滋奏疏》，黃大受主編，台北，大中國圖書公司，民國 52 年。

16. 《清季外交史料》，清王彥盛，台北，文海出版社，民國 53 年，影印本再版。

17. 《中國報學史》，戈公振，台北，學生書局，民國 53 年。

18. 《清初及中期對外交涉條約輯》，許同莘等編，台北，國風出版社，民國

53 年。

19. 《張季子九錄》，張謇，台北，文海出版社，民國 54 年。

20. 《中國新聞史》，曾虛白，台北，政大新聞研究所，民國 55 年。

21. 《清代外交史料》，故宮博物院，台北，成文出版社，民國 57 年，影印本。

22. 《粵海關志》，梁廷枏，台北，成文出版社，民國 57 年，影印本。

23. 《清代捐納制度》，許大齡，香港，龍門書店，1968 年。

24. 《盛世危言後編》，鄭觀應，台北，大通書局，民國 58 年，影印本。

25. 《中國釐金史》，羅玉東，台北，學海出版社，民國 59 年。

26. 《大清銀行始末記》，大清銀行編，台北，中國國際商業銀行，影印本。

27. 《漢冶萍公司史略》，全漢昇，香港，中文大學，1972 年。

28. 《清代通史》，蕭一山，台北，商務印書館，民國 61 年，台一版。

29. 《漢書》，班固，台北，明倫出版社，民國 61 年。

30. 《厘金制度新探》，何烈，台北，東吳大學，民國 61 年。

31. 《上海研究資料》，上海通社編，台北，中國出版社，民國 62 年。

32. 《戊戌變法文獻彙編》，楊家駱主編，台北，鼎文書局，民國 62 年。

33. 《日本國志》，黃遵憲，台北，文海出版社，民國 63 年，影印本。

34. 《中西歷史之理解》，胡秋原，台北，黎明文化事業公司，民國 63 年。

35. 《中國商業史》，王孝通，台北，商務印書館，民國 63 年。

36. 《鴉片事略》，李圭，中國史學叢書續編。

37. 《晚清五十年經濟思想史》，趙豐田，台北，華世出版社，民國 64 年。

38. 《國朝柔遠記》，王之春輯，台北，學生書局，民國 64 年，影印本。

39. 《盛世危言增訂新編》，鄭觀應，台北，學生書局，民國 65 年，影印本再版。

40. 《中國思想與制度論集》，劉紉尼等譯，台北，聯經出版公司，民國 66 年，二刷。

41. 《中國新工業發展史大綱》，龔俊，台北，華世出版社，民國 67 年台一版。

42. 《清末上海租界社會》，吳圳義，台北，文史哲出版社，民國 67 年。

43. 《中國買辦資產階級的發生》，聶寶璋，北京，中國社會科學出版社，1979 年。

44. 《中國近代報人與報業》，賴光臨，商務印書館，民國 69 年，初版。

45. 《近代中國史綱》，郭廷以，香港，中文大學出版社，1980 年二刷。

46. 《中國現代史論集》，張玉法主編，台北，聯經出版公司，民國 69 年。

47. 《近代中國思想人物論——晚清思想》，張灝等著，時報文化出版公司，

民國 69 年。

48. 《經濟侵略下之中國》，漆樹芬，台北，帕米爾書店，民國 69 年。

49. 《中國近代貨幣與銀行的演進》，王業鍵，台北，中研院經濟史研究所，民國 70 年。

50. 《左宗棠傳記資料》，朱傳譽，台北，天一書局，民國 70 年。

51. 《中國近代報刊史》，方漢奇，太原，山西人民出版社，1981 年。

52. 《英國史綱》，許介鱗，台北，三民書局，民國 70 年。

53. 《中國海關史》，趙淑敏，台北，中央文物供應社，民國 71 年。

54. 《中國近代思想史論》，王爾敏，華世出版社，民國 71 年。

55. 《近代中國——知識份子與自強運動》，李恩涵等著，台北，食貨出版社，民國 71 年。

56. 《晚清傳統與西化的爭議》，孫廣德，台北，商務印書館，民國 71 年。

57. 《中國近代貨幣史 1814～1919》，魏建猷，台北，文海出版社。

58. 《中國近代思想史論》，王爾敏，台北，華世出版社，民國 71 年。

59. 《中共興亡史第一卷》，鄭學稼，台北，帕米爾書局，民國 73 年。

60. 《中國貿易史》，魯傳鼎，台北，中央文物供應社，民國 74 年。

61. 《晚清政治思想研究》，小野川秀美著，林明德等譯，台北，時報文化出版公司，民國 74 年二刷。

62. 《中國現代化的歷程》，金耀基等，台北，時報文化出版公司，民國 75 年。

63. 《中國經濟史研究》，全漢昇，香港，新亞研究所，民國 75 年。

64. 《中國經濟原論》，王亞南，台北，開陽社。

65. 《鄉土中國》，鄉土重建，費孝通。

66. 《中國近代報刊發展概況》，楊光輝等編，北京，新華出版社，1986 年 1 版。

67. 《中國近世宗教倫理與商人精神》，余英時，台北，聯經出版公司，民國 76 年。

68. 《近代中國的變局》，郭廷以，台北，聯經出版公司，民國 76 年。

69. 《劍橋中國史晚清篇》，張玉法主編，台北，南天書局，民國 76 年。

70. 《大清新編法典》，伍廷芳等編，台北，文海出版社，民國 76 年。

71. 《中國資本主義發展史卷一》，吳承明主編，台北，谷風出版社，民國 76 年。

72. 《中國資本主義萌芽問題討論集續編》，台北，谷風出版社，民國 76 年。

73. 《明清資本主義萌芽研究論文集》，台北，谷風出版社，民國 76 年。

74.《中國資本主義與國內市場》，吳承明，台北，谷風出版社，民國 76 年。

75.《中國經濟史論叢》，傅筑夫，台北，谷風出版社，民國 76 年。

三、論　文

（一）文學類

1. 〈中國諷刺小說的特質與類型〉，張宏庸，中外文學，第 5 卷第 7 期，民國 65 年 12 月。

2. 〈鴉片戰爭前後中國社會與小說的轉變〉，尉天驄，中華文化復興月刊，第 9 卷 6 期，民國 65 年 6 月。

3. 〈晚清小說中的洋奴、買辦〉，張維洪，夏潮，第 3 卷 6 期，民國 66 年 12 月。

4. 〈晚清譴責小說中的官吏造型〉，鍾越娜，東海大學中文研究所碩士論文，民國 66 年。

5. 〈二十年目睹之怪現狀研究〉，陳幸蕙，台灣大學中文研究所碩士論文，民國 66 年。

6. 〈略論近代小說的歷史分期及其特點〉，侯忠義，北大學報，1980 年第 2 期，1980 年 4 月。

7. 〈論晚清譴責小說的匡世特點〉，許國良，社會科學，1983-11 總期第 39 期，1983 年 11 月。

8. 〈論晚明文人對小說的態度〉，周質平，中外文學，第 11 卷 12 期，民國 72 年 5 月。

9. 〈晚清諷刺小說的人物研究〉，吳淳邦，輔仁大學中文研究所碩士論文，民國 72 年 6 月。

10. 〈論西方文學對近代譴責小說的影響〉，張化，江海學刊，1983-5 總期第 89 期，1983 年。

11. 〈晚清小說專輯〉，聯合文學，第 1 卷 6 期，民國 74 年 4 月。

12. 〈梁啟超與晚清小說運動〉，林明德，中外文學，第 14 卷 1 期，民國 74 年 6 月。

13. 〈論明清兩種對立的小說理論〉，前野直彬著，吳璧雍譯，中外文學，第 14 卷 3 期，民國 74 年 8 月。

14. 〈商戰小說——一種新的類型〉，鄭林鐘，文訊月刊，26 期，民國 75 年 10 月。

15. 〈論晚清商界小說的實質意義與價值〉，賴芳伶，幼獅學誌，第 19 卷 2 期，民國 75 年 10 月。

16. 〈中國諷刺小說的諷刺技巧與特點〉，吳淳邦，中外文學，第 16 卷 6 期，民國 76 年 11 月。

17. 〈紙上「談」科技——以李伯元、茅盾、張系國為例〉，王德威，中國時報人間副刊，民國 77 年 11 月 4、5、6 日。

（二）歷史類

1. 〈論洋行買辦制之利害〉，甘作霖，東方雜誌，第 16 卷 11 期，民國 8 年 11 月。

2. 〈中國之買辦制〉，馬寅初，東方雜誌，第 20 卷 6 期，民國 12 年 5 月。

3. 〈民國以前的賠款是如何償還的〉，湯象龍，中國近代史論叢第 2 輯第 3 冊。

4. 〈中英五口通商沿革考 1842～1844〉，彭澤益，中國近代史論叢第 2 輯第 1 冊。

5. 〈關於中國舊買辦階級的研究〉，黃逸峰，歷史研究，1964 年第 3 期，1964 年 6 月。

6. 〈帝國主義侵略中國的一個重要支柱——買辦階級〉，黃逸峰，歷史研究，1965 年第 1 期，1965 年 2 月。

7. 〈清代捐納制度〉，陳寬強，政治大學政治研究所博士論文，民國 57 年。

8. 〈廣智書局（1901～1915）——維新派文化事業機構〉，張朋園，中研院近史所集刊第 2 期，1970 年 6 月。

9. 〈鄭觀應易言——光緒初年之變法思想〉，劉廣京，清華學報，第 8 卷 1、2 期，民國 59 年 8 月。

10. 〈買辦商人——晚清通商口岸一新興階層〉，郝延平，故宮文獻，第 2 卷 1 期，民國 59 年 12 月。

11. 〈近代中國書報錄〉，張玉法，新聞學研究，第 7、8、9 期，民國 60 年、61 年。

12. 〈近代中國社會買辦的形成與演變〉，蕭新煌，現代學苑，第 9 卷 7 期，民國 61 年 7 月。

13. 〈晚清的重商主義〉，李陳順妍，中研院近史所集刊，第 3 期上，民國 61 年 7 月。

14. 〈經濟發展過程中價值變遷的模式〉，J. H. Turner 著，黃順二譯，思與言，第 9 卷 31～40，1972 年。

15. 〈郝延平著十九世紀中國的買辦——東西間的橋樑〉，林麗月，師大歷史學報，第 3 期，民國 64 年。

16. 〈海外華人與中國的經濟現代化〉，顏清煌著，崔貴強譯，南洋學報，第 30 卷 1、2 期，1975 年。

17. 〈晚清商人習尚的變化及其他——讀徐愚齋自敘年譜〉，羅炳綿，食貨月刊，第 7 卷 1 期，民國 66 年 4 月。

18. 〈買辦在近代中國的崛起和殞落〉，蔡朋，仙人掌雜誌，第 1 卷 2 期，民國 66 年 4 月。

19. 〈中國近代沿海商業的不穩定性〉，郝延平，食貨月刊，第 7 卷 8、9 期，民國 66 年 4 月。

20. 〈晚清的鴉片稅〉，林滿紅，思與言，第 16 卷 5 期，1979 年 1 月。

21. 〈中國近代之自強與求富〉，王爾敏，中研所近史所集刊，第 9 期，1980 年 7 月。

22. 〈鴉片毒害——光緒二十三年問卷調查分析〉，王樹槐，中研院近史所集刊，第 9 期，1980 年 7 月。

23. 〈清末本國鴉片之替代進口鴉片〉，林滿紅，中研院近史所集刊，第 9 期，1980 年 7 月。

24. 〈試論早期買辦勢力的登上政治舞台〉，陳申如等，歷史教學，1980 年 1 期，1980 年 1 月。

25. 〈中國近代之工商致富論與商貿體制之西化〉，王爾敏，中研院國際漢學會議論文集，歷史考古組（下冊）。

26. 〈鴉片戰爭後我國的社會經濟形態〉，林天蔚，東方雜誌第 15 卷 11 期，民國 71 年 5 月。

27. 〈民初之商人（西元 1912～1928 年）〉，蘇雪峰，中研院近史所集刊，第 11 期，1982 年 7 月。

28. 〈清季重商思想與商紳階級的興起〉，黃克武，思與言，第 21 卷 5 期，1984 年 1 月。

29. 〈山西票號與清政府之勾結〉，孔祥毅，經濟史研究，1984 年 3 月，1984 年 3 月。

30. 〈中國近代知識普及運動與通俗文學之興起〉，王爾敏，民國初期歷史討論會，民國 73 年 4 月。

31. 〈從封建官商到買辦商人〉，章文欽，近代史研究總期第 21、22 期，1984 年 5、7 月。

32. 〈買辦與洋務企業〉，丁日初等，歷史研究，1984 年 5 期，1984 年 10 月。

33. 〈甲午戰爭以前的中國工業化運動〉，全漢昇，中國現代史論集 9 篇自強運動四。

34. 〈官督商辦觀念之形成及其意義〉，王爾敏，中國現代史論集 9 篇自強運動四。

35. 〈再論儒家文化與傳統商人的職業道德〉，陳其南，當代，第 11 期，1987

年 3 月。

36. 〈晚清小説與晚清政治運動〉，王華昌，政治大學歷史研究所碩士論文，民國 76 年 6 月。

37. 〈買辦商人與中國近代工業發展——以輪船招商局爲例〉，張維安，食貨月刊，第 16 卷 9、10 期，民國 76 年 12 月。

38. 〈東林運動與晚明經濟〉，林麗月，《晚明思潮與社會變動》，民國 76 年 12 月。

39. 〈買辦——近代初期中國的新興資本家〉，陳慈玉，歷史月刊，創刊號，民國 77 年 2 月。

40. 〈茶、鴉片與近代世界〉，陳慈玉，歷史月刊，第七期，民國 77 年 8 月。

四、外 文

1. 《支那經濟全書》，東亞同文會著，台北，天一出版社，民國 74 年，據 1909 年東京印行本影印。

2. 《清末小説特集》，野草第二集，大阪，中國文藝研究會，1971 年 1 月。

3. 《説部考——清末における小説意識の成立》，中野美代子，東方學第 47 期，1974 年 1 月。

4. 《惡魔のぃなぃ文學》，中野美代子，東京，朝日新聞社，1977 年 3 月第一版。

5. 《清末小説閒談》，樽本照雄，京都，法律文化社，1983 年第一版。

6. 《清末小説研究》，第 1～6 號：8～9 號，清末小説研究院會編，1977～1982：1985～1986。

7. 《Late Ching Finance : Hu Kuang-yung as an Innovateor》,Charles J. Stanley Cambridge Mass: Harvard University Press 1961.

8. 《The Chrouicles of the East India Company Trading to China 1635～1834》, H. B. Morse Oxford: The Clarendon Press. 5001s 1926～9 Taiwan Cheng-Wen（成文）Pub. House 1966.

9. 《The Comprador in Nineteenth Century China : Bridge between East and West》, Yen-Ping Hao Cambridge Mass. Harvard University Press 1970.

10. 《The Rise of Modern China》, C. Y. Hsu, New York: Oxford university Press 1970.

11. 《The International Relation of the Chinese Empire》, H. B. Morse 台北，成文出版社，1971 年。

12. 〈Japan, China, and modern world economy〉: Toward a reinterpreation of East Asian development.

附錄一　由《髹飾錄》談漆器之美

一、前　言

　　《髹飾錄》是現存古代唯一的漆器工藝專著，它是中晚明裝飾風和復古風盛行下的產物。作者黃成，字大成，明代隆慶間（1567～1572）新安平沙名漆工，其所出剔紅可比果園廠，其花果人物刀法，以圓活清朗稱賞於人。〔註1〕天啓間（1625）嘉興名漆工揚明爲之加註。

二、《髹飾錄》的流傳、版本與內容

　　《髹飾錄》在國內早已失傳。據大村西崖氏所述，〔註2〕日本享和年間（約清乾嘉之際），木村孔恭（堂號蒹葭）藏鈔本一部於蒹葭堂，即今之「蒹葭堂鈔本」。明治維新後，蒹葭堂鈔本進入日本官方藏書庫「淺草文庫」，又進入帝室博物館（今東京博物館）。

　　民國初年，朱啓鈐先生從大村西崖《支那美術史》一書得見介紹《髹飾錄》文字，致函大村西崖氏，索求到蒹葭堂鈔本《髹飾錄》復鈔本，並撰寫辯言，請羅振玉題簽，闞鐸選箋，壽碌堂主人眉批、案語並附跋語於書末。1927年刻版付印二百部，世稱「丁卯朱氏刻本」。

　　《髹飾錄》於日本流傳甚廣，非特漆工業者奉爲楷模，學術界對之亦攢研不舍，1932年復有東京美術學校教授六角紫水以日文譯出，載於所著《東

〔註1〕朱啓鈐《髹飾錄‧辯言》見王世襄《髹飾錄解說：中國傳統漆工藝研究》（北京：文物出版社，1998年），頁15。

〔註2〕朱啓鈐〈辯言〉「節錄大村西崖氏述流傳及體例原函」，同前註。

洋漆工史》。1972 年故宮博物院索予明先生向東京國立文化財研究所資料室長川上涇先生索求到蒹葭堂鈔本復印本，由《故宮圖書季刊》3 卷 2 期影印刊出。

　　《髹飾錄》分乾坤兩集，共十八章，第一、二、十七、十八章言製造方法；第三至第十六章列舉器物品類，兼及作法。其內容如下表：〔註3〕

集　別	篇　章	內　容　提　要	內容歸納
（卷首）	揚明序	概述漆工始末及註述旨趣	
乾集	（乾集序）	總論漆工之髹具工則	漆工設備製造方法與經驗
	利用第一	漆工之原料工具器材及設備	
	楷法第二	各種漆工所易犯之弊病及其原因	
坤集	（坤集序）	總論漆器分類之方法	分類敍述各種漆器
	質色第三	單純一色不加紋飾之各種漆器	
	紋㯃包第四	表面有不平細紋之各種漆器	
	罩明第五	色地上加罩透明漆之各種漆器	
	描飾第六	用漆或油描繪花紋之各種漆器	
	填嵌第七	填漆、嵌螺鈿、嵌金、嵌銀之各種漆器	
	陽識第八	用漆寫起花紋之各種漆器	
	堆起第九	用漆灰堆出花紋其上再加雕飾之各種漆器	
	雕鏤第十	雕、剔之各種漆器	
	鎗劃第十一	刻劃花紋再填以金、銀或顏色之各種漆器	
	斒斕第十二	兩種或多種不同的紋飾作法相結合之各種漆器（以描金漆與螺鈿為主）	
	複飾第十三	某種漆地作法與一種或多種文飾為壓花相結合之各種漆器	
	紋間第十四	填漆類之某種作法與戧劃類中某種作法結合之各種漆器	
	裏衣第十五	胎骨之上不上灰漆而用皮或織織品蒙裏之各種漆器	
	單衣第十六	簡易速成直接在坯上髹飾的漆器	
	質法第十七	漆器基本製造過程	製造方法
	尚古第十八	修補及摹仿舊漆器	專論仿古

〔註 3〕節錄自索予明〈天工開物與髹飾錄比較觀〉，收入氏著《中國漆工藝研究論集》（台北：故宮博物院，民國 79 年增訂再版），頁 169～171。

黃成以一漆工名匠，綜其畢生經驗之所積，匯聚成篇以傳諸後世子弟。原書合揚明注不過萬餘言，其內容已詳及漆工之原料、工具、作法、品種與形態等，所列漆器品類達四百多種，可謂形質與技藝兼備。

三、《髹飾錄》的特色

漆器是我國古老的工藝品之一，早在距今約七千年的河姆文化時期，已在木碗上髹塗朱漆，漆器可說是在我國土生土長的發明。從虞舜以漆器為食器，漆器不僅與日用器皿關係密切，一代一代的漆工努力創造更新，拓展了漆器的種類，例如魏晉出現了夾紵佛像，唐代出現了雕漆、金銀平脫、嵌螺鈿，宋代出現了戧金、剔犀，裝飾性的漆器獲得了極致的發展　。

每個時代的漆器製作各有其風尚，明代社會由於經濟積累豐厚，審美觀趨向以華為美，宮廷作坊果園廠造填漆、雕漆剔紅器，備極精緻。民間漆工藝普遍發達，江南名匠輩出，新安黃成即其中之一，時人譽其所造剔紅可比果園廠。新安古稱徽州，歷史優久、人文豐富，朱啓鈐於《髹飾錄‧辯言》中指出：

> 世人但知廷珪製墨，因材於黃山之松，不知新安產漆，亦極豐饒。沈繼起，燒煙和墨，取用益繁，而雕樣琢坯，劃理識文。以及漱金嵌珠，填彩揩光，無不與髹工相表裏。即附麗於墨之文玩，如墨匣、墨牀、沙硯、筆管、筆閣、水丞、硯山之屬。或髹或雕，或刷絲，或錯彩，或施金，凡世守之工，新安人無不擅之。然則名為墨工，無寧名為漆工之為愈也。〔註4〕

由於唐宋徽墨崛起，伴隨著歙硯和徽墨的包裝，髹漆成為普遍的工藝。在徽風的歷史人文濡染下，黃成能通經史，以自身經驗及耳聞目見，寫成《髹飾錄》一書，此書的出現與徽州漆藝水準、髹漆時尚與文化環境有關，結集了江南以至各地工匠的聰明才智，成為今日研究漆器的重要文獻，其中〈乾集〉立意、造句遣詞具有形而上的哲學色彩；〈坤集〉內容則落實為形而下的具體技法。全書主要特色為：

（一）保存傳統漆工藝的寶貴資料

黃成作品漆器實物今已無由得見，但由其所留下的《髹飾錄》，可見其漆

〔註4〕同註1。

工造詣之深。只是當時黃氏是以技擅長，而不是以文名世。據〈坤集・尚古第十八〉揚註云：

> 一篇之大尾，名尚古著，蓋黃氏之意在於斯。故此書總論成飾，而不載造法，所以溫故而知新也。

揚氏認爲「溫故知新」爲作者著書目的。我國傳統匠師授徒皆有一套歌訣，此書可視爲黃氏爲漆工所製訂的一套歌訣，特別是此書〈乾集〉的兩章：「利用第一」講述漆器製造所需之材料、工具和設備，兼論其種類、品質與功能；「楷法第二」講述漆工的方法訣竅，爲積作者一生經驗之談，作者希望漆工們在理解之外還能背誦，才能達到「溫故知新」的目的。因此〈乾集〉兩章的文辭簡捷、詞句短齊，像「天運、日輝、月照、宿光、星纏、津橫、風吹、雷同、雲彩、春媚、夏養」等，將具體事物以抽象方式寫出，文字典雅脫俗，在思考上有其連貫性，能助於記誦。例如講述以挑子翻轉生漆的樣子：

> 潮期，即曝漆挑子。鰍尾反轉，波濤去來。

揚明註云：

> 鰍尾反轉，打挑子之貌，波濤去來，挑翻漆之貌。凡漆之曝熟有佳期，亦如潮水有期也。

黃文與揚註將折曬盤漆時所應注意的時節、技巧，透過鰍尾翻轉與潮水有期的比喻，傳達出漆器工藝取法天地造化之功。故其〈乾集〉開宗明義即云「凡工人之作爲器物，猶天地之造化。」

　　由於作者黃成出身漆工，以漆工談漆器，處處言之有物，如「質法第十七」談漆器的製造過程，分成桊榡、合縫、捎當、布漆、垸漆、糙漆六個步驟，從造胎起到打底完成止，將每一道工序的作用、材料和施工，以簡單的語句交代，使製漆器者能如法炮製，各種漆器不問最後紋飾爲何，都必須經過這幾道工序。這些都是漆工必備的基本知識，也是繼承傳統應當重視的法則。此外，〈乾集・楷法第二〉，黃成提到漆工有「三病」，其一是「獨巧不傳」。我國技術工匠觀念守舊，有許多優良的技術與獨到的經驗，卻不肯隨便傳授與予人，造成這些技術經驗的失傳。黃成能打破此一傳統專舊觀念，將自己的技術與經驗毫無保留地傳給後世，其著書之動機實爲一難能可貴的職業態度。

（二）反映天人合一的造物思想

　　《髹飾錄》以「天人合一」的哲學觀貫穿全書，主張工人製造器物，當取法天地造物。作者黃成以乾坤大道闡述髹漆工則，以天、地、陰、陽、四

時、五行附會漆器工藝，強調人與自然和諧的造物法則。〈乾集〉序云：

> 凡工人之作爲器物，猶天地之造化……利器如四時，美材如五行。
> 四時行、五行全而百物生焉。四善合、五采備而工巧成焉。今命名
> 附贊而示於此，以爲乾集。乾所以始生萬物，而髹具工則，乃工巧
> 之元氣也。乾德大哉。

工匠製造器物，正是對天地自然的模仿。工具、材料好比四時、五行，四時、五行化生天地萬物，天時、地氣、材美、工巧相合，再巧用五色造成器物。〈乾集〉中分別以天、地、日、月、星、風、雷、電、雲、虹、霞、雨、露、霜、雪、霰、雹等天文景象，春、夏、秋、冬、暑、寒、晝、夜等時令交替，山、水、海、潮、河、洛、泉等山川景象，比附製造漆器的材料、工具，體現了中國古代充分利用自然材料的造物思想。〈坤集〉序云：

> 凡髹器，質爲陰，文爲陽。文亦有陰陽，描飾爲陽。描寫以漆。漆，
> 木汁也。木所生者火，而其象凸，故爲陽。雕飾爲陰。雕鏤以刀。
> 刀，黑金也。金，所生者水，而其象凹，故爲陰。此以各飾眾文皆
> 然矣。今分類舉事而列於此，以爲坤集。坤所以化生萬物，而質體
> 文飾，乃工巧之育長也。坤德至哉。

〈坤集〉以陰陽五行爲綱，爲紛紜錯綜的漆器裝飾工藝定位、分類，陰陽相調生成各種漆器。

（三）爲漆器工藝提供了較合理的分類

我國漆工藝發展至明代，蘊藏豐富且種類繁多，由《髹飾錄》〈坤集〉依各種材料和裝飾法所列漆器種類，約有下列各種：

1. 光面無花紋的各種顏色的漆器
2. 紋漆包的各種純色漆器
3. 用彩漆或油彩描飾的花紋
4. 用稠漆或金、銀、螺片填嵌的花紋
5. 在堆漆上雕鏤的花紋
6. 用鎗劃法凹刻的花紋
7. 用漆或灰漆堆起的花紋
8. 用上述方法組合運用而產生的各式花紋

由於此書所列舉的各式不同名目的漆器之多，可見我國古代漆工成就的輝煌。對於各種各樣的漆器，《髹飾錄》先以陰、陽二字來歸類，卻不帶絲毫玄理色彩。

即「質為陰、文為陽。」（〈坤集序〉），凡漆器樸素無紋者稱質，屬陰；有花的稱文，屬陽。「文亦有陰陽」（〈坤集序〉），例如描飾為陽，因為「其象凸」；雕鏤為陰，因為「其象凹」。〈坤集〉便是以製造技術作為分類方式，例如描飾類的，即指用筆畫花紋的漆器；戧劃類的，指用刀刻劃花紋的漆器，各種製作技術依其形態，歸分陰陽，例如〈雕鏤第十〉揚註云：「雕刻為隱現，陰中有陽者，列在於此。」這一類除了「鎗蜔」、「款彩」，外，皆為雕漆類。雕漆在堆起的平面漆胎上剔刻花紋，花紋中又有高低，故稱其「陰中有陽者」。每門中各個品種的先後排列也有邏輯性，由閱讀中可對漆器獲得一系統的概念。

四、《髹飾錄》中的審美觀

《髹飾錄》雖是針對漆工講述漆器製造的專著，但經由其對漆器製工的良窳、格調的高下的敘述，也提供了吾人品評鑑賞漆器的標準。〈乾集・楷法第二〉，黃成提到漆工有「三病」，其一前已言及的「獨巧不傳」，其餘二病是「巧趣不貫」與「文采不適」。意即好的漆器不要求其形制、花紋和顏色個別美好，三者要能配合得恰到好處，整體精神要相互連貫。「貫」和「適」正是藝術作品最重要的形式法則。

「三病」之外還有「二戒」，即「淫巧蕩心」與「行濫奪目」，指漆器不能只重表面的華麗與否，要更重視其品格的高雅。揚明註「淫巧蕩心」為「過奇擅豔，失真亡實」；解「行濫奪目」為「其百工之通戒，而漆匠尤須嚴矣」。作者全書以大半篇幅介紹林林總總的漆器裝飾，同時反對過於奇巧、華而不實的奢靡時風，反對捨本逐末、虛有其表而偷工減料的作品。

漆器因髹飾方式不同，可表現出漆質、繪畫、雕鏤與填嵌等美感，就《髹飾錄》內容言及的，我們可以從以下幾方面觀察出其所呈現的漆器審美標準：

（一）色澤之美

漆器純素無文者，即通體光素一色，亦能表現出漆質之美，〈質色第三〉所列器物即為此類，包括「黑髹」、「朱髹」、「黃髹」、「綠髹」、「紫髹」、「褐髹」、「油飾」、「金髹」，除了漆自身顏色不同形成不同的美外，不同的製作方法還能產生不同的美感效果，如「黑髹」，黃成云：

> 黑髹，一名烏漆，一名玄漆。即黑漆也。正黑光澤為佳，揩光要黑玉，退光要烏木。

純黑色的漆器是漆藝中最基本的做法，許多文飾都是在黑漆做成之後加添上去的，也是漆器中最常見的一種，因此《髹飾錄》將之列於各種漆器之首。揚明註此條云：

> 熟漆不良，糙漆不厚，細灰不用黑料則紫黑，若古器以透明紫色爲美，揩光欲黸滑光瑩，退光欲敦樸古色。

揩光指用透明漆，其中加色或不加色，漆後不再搓磨。因此揩光要如黑玉，要「黸滑光瑩」，所以它是發亮的；退光要用退光漆，漆後再搓磨，故要如烏木，要「敦樸古色」，所以它是發黯的。〔註5〕

此外，「朱髹」以「鮮紅明亮爲佳，揩光者其色如珊瑚，退光者樸雅」。「黃髹」以「鮮明光滑爲佳，揩光亦好，不宜退光。其帶紅者美，帶青者惡。」揚明於下註云：

> 色如蒸栗爲佳，帶紅者用雞冠雄黃，故好。帶青者用薑黃故不可。

或以自然實物喻不同色漆之美，或評論入漆顏料之良窳，皆可作爲吾人鑑賞漆器的基本常識。

在器物周身貼金的做法稱爲「金髹」，黃成云：

> 金髹，一名金漆，即貼金漆也。無癍斑爲美。又有泥金漆，不浮光。
> 又有貼銀者，易霉黑也。黃糙宜於新，黑糙宜於古。

「金」於本書初出即稱之爲「日輝」，認爲「人君有和，魑魅無犯」，揚明註之云：「諸器施之，則生輝光，鬼魅不敢干也。」（〈利用第一〉）可見金和漆爲漆器中的美好組合，做法不同，便有不同的趣味。揚明於「金髹」下註云：

> 黃糙宜于新器者，養益金色故也。黑糙宜于古器者，其金摩殘，成黑斑以爲雅賞也。

以黃糙作地子貼金者，能襯托出金色，故新的時候較好看；以黑糙作地子貼金者，日久了有些地方的貼金被磨了去，露出下面的黑地，斑紋大小錯落，不是人工所能造作的，顯出天然之趣。可見金在漆器工藝上的運用，不論是髹或是飾，精光宜內含，整體搭配要能渾然一體，飽滿勻整。

色漆有經時愈久色愈鮮的特點，因此「時間」爲打造、修補漆器時必須考量的因素，黃成於〈尚古第十八〉「補綴」云：「漆之新古，色之明暗，相當爲妙。」「不當」（〈楷法第二〉「補綴之二過」）即指修補漆器時，漆皮的新舊、色澤的明暗，與原器配合不上。因此修補漆器時，不可以當時調成的漆

〔註5〕王世襄著《髹飾錄解說：中國傳統漆工藝研究》，頁68。

色爲標準,而必須能掌握色漆的變化規律,預測其將來顏色的變化,能否與原器相似。故漆工之美是必須經得起「時間」考驗的。

（二）繪畫之美

以刷或畫筆蘸漆於器物,不論是描繪或上色,其質有如繪畫。漆性稠黏,有相當濃度,不論是生漆或熟漆,皆以「水」喻之,黃成於〈利用第一〉說明漆「其質兮坎,其力負舟」,揚註云:

> 漆之爲體,其色黑,故以喻水。復積不厚則無力……工者造作,無咎漆矣。

在運用上應掌握其特質,即以厚爲美。而作爲「上色」用的鬃刷,黃成稱之以「雨灌」,認爲要「沛然不偏,絕塵膏澤」,揚註云:

> 以漆喻水,故蘸刷拂器,比雨。麨面無纇,如雨下塵埃,不起爲佳。

一件漆器的完成往往經過數十層的上漆過程,製作過程要防風塵,上漆後須放置於「蔭室」中乾燥。揚註於〈質色第三〉「黑鬃」下云:「近來揩光有澤漆之法,其光滑殊爲可愛矣。」所謂「澤漆」即靠若干次的上漆,使器物有光華潤澤之表面。上漆時刷子運作的輕重緩急也要考量器物胎骨的質地,這種追求幾近無塵潔淨、光滑均匀的質感,正是漆與鬃刷完美結合的效果。

漆器除了光滑之美外,亦有「紋㯩」,使表面呈現微微高起之紋理,其中「刷絲」即指在漆器最後一道漆時,以刷子刷出痕迹。黃成於〈紋㯩第四〉「刷絲」云:「纖細分明爲妙,色漆者大美。」揚明註云:

> 其紋如機上經縷爲佳,用色漆難,故黑漆刷絲,上用色漆擦被,以假色漆刷絲,殊拙其器,良久至色漆摩脫見黑縷,而文理分明,稍似巧也。

漆器上的刷絲,日久後凸處的色漆被磨去,凹處的色漆仍在,因而形成黑漆與色漆絲絲相間的文理,亦是一美。

刷絲要纖細分明,刷迹要流暢圓活,黃成所述「綺紋刷絲」的紋有「流水、洞澋、連山、波疊、雲石皴、龍蛇鱗等」,可想像其迴婉流動的形態,爲漆刷旋轉技法所形成的意趣。

與繪畫相近的即在光素的漆地上,以各種色漆畫花紋的做法。〈描飾第六〉「描漆」條下云:

> 一名描華,即設色畫漆也。其文各物備色,粉澤爛然如錦繡。

「粉澤」的效果來自「粉油」,故又有「描油」的做法,黃成云:

一名描錦，即油色也。其文飛禽、走獸、昆蟲、百花、雲霞、人物，

一一無不備天眞之色。其理或黑、或金、或斷。

以油代漆在漆上畫花紋，能調製出各種天眞之色，再加以黑色鉤、或用金鉤，有的是鎗劃出來的，即「黑理鉤描油」、「金理鉤描油」與「劃理描油」。

（三）雕鏤之美

以漆灰作成浮雕，陰陽高低依物象之狀決定者，如〈堆起第九〉「隱起描金」式漆器好壞，黃成云：

其文各物之高低，依天質灰起，而棱角圓滑爲妙。用金屑爲上，泥金次之。其理或金，或刻。

揚註云：

屑金文刻理爲最上，泥金象金理次之，黑漆理蓋不好，故不載焉·

又漆凍模脫者，似巧無活意。

以漆凍模子大量生產的結果，不及以刀刻出花紋者生動有力。此類由技術上評騭漆器的標準，亦可視爲吾人選擇鑑賞漆器的依據。

黃成論刀法，首先於〈利用第一〉談到工具雕刀時，以「夏養」稱之，揚明比之以「雕刀之功，如夏日生育長養萬物矣」，刀功正是漆器藝術生命力的展現。

〈楷法第二〉指出雕漆有四過，即「骨瘦」、「玷缺」、「鋒痕」、「角稜」，揚明註明即「暴刻無肉之過」、「刀不快之過」、「運刀輕忽之過」、「磨熟不精之過」，對漆工技術的要求，也可作爲吾人品鑑雕漆器物優劣的準則。

〈雕鏤第十〉「剔紅」條下云：

即雕紅漆也。髹層之厚薄，朱色之明暗，雕鏤之精粗，亦甚有巧拙。

唐制多如印板，刻平錦，朱色，雕法古拙可賞，復有陷地黃錦者。

宋元之制，藏鋒清楚，隱起圓滑，纖細精緻。

推崇的是唐代剔紅的古拙和宋元剔紅的藏鋒含蓄，處處圓潤不露刀痕。

雕工之美在不同髹色則有不同的審美效果，如「剔黑」比雕紅「敦樸古雅」；「剔彩」則求「絢艷悅目」。而「假雕紅」之「堆紅」者，裡外用料不同；或「木胎雕刻」者，上罩朱漆，二者皆缺少生動流暢的意趣。

（四）填嵌之美

「填嵌」爲表現漆器之美的最高技巧，其範圍相當廣，凡是在漆面上刻

花紋，再以漆或金、或銀、或螺鈿等物填嵌進去的；或用稠漆在漆面做出高低不平的地子，再以漆填入磨平的；另外還有結合餞金、餞銀等作法的。其藝術效果可以「填漆」為例，黃成云：

> 填漆，即填彩漆也。磨顯其文，有乾色，有濕色，妍媚光滑。又有鏤嵌者，其地錦綾細文者愈美艷。

結合了畫、刻與磨的工夫，形成「妍媚光滑」的效果，花紋與漆地有如自然渾成，顯得天衣無縫，為此藝之可貴處。

「螺鈿」亦為「填嵌」之屬，即螺填，黃成云：

> 百般文圖，點、抹、鈎、條、總以精細密致如畫為妙。又分截殼色，隨彩而施綴者，光華可賞。

取材貝殼天然的質色，追求形貌與設色，形成光華熠熠的美感。「螺鈿」的花紋與漆面齊平，故講究「精細密致如畫為妙」，同以貝殼為飾的，在〈雕鏤第十〉「鐫甸」條下云：

> 其文飛走、花果、人物、百象，有隱現為佳。殼色五彩自備，光耀射目，圓滑精細，沈重緊密為妙。

「鐫甸」是結合雕刻與鑲嵌的技巧，為表面不平的浮雕，故貝殼的鐫刻依物象高低隱現，講究「圓滑精細」，嵌入漆地則講求「沈重緊密」。

（五）尚古之美

〈尚古第十八〉談及對古物的「倣效」，黃成主張不重形式，卻要求「得古人之趣」，因為古器物不易得，故「為好古之士備玩賞耳，非為賣骨董者之欺人貪價者作也。」反對粗製濫造，反對假造古董牟利欺人。如仿古器有款可以照摹，但應另加一款「某姓名仿造」（揚明註），顯示本書對漆工工作態度的嚴肅要求。

「斷紋」條專論「髹器歷年愈久」而生出的斷紋，古琴鑑賞家反以有斷紋為貴者，揚明云：「天工苟不可窮也」；「補綴」條專論「補古器缺」，要求「有雅趣」；「仿效」條專論「模擬歷代古器及宋、元名匠所造，或諸夷、倭製等者」，目的是「為好古之士備玩賞」，要求「不必要形似，唯得古人之巧趣與士風之所以然為主」，反映出當時工匠受文人影響精緻尚古的審美觀。

五、結　論

　　《髹飾錄》反映了我國古代手工造物的獨到思想，即天人合一的哲學觀、精緻尚古的審美觀和敬業敏求的工匠精神，可謂中晚明理論研究注重實證的成果。但作爲四百多年前的工匠著作，也存在著一些缺點，其中最顯著的是，黃成原文採用比喻的寫法，每條文字少僅十幾字，多也不過二、三十字，內容隱晦不易明白。揚明逐條爲之作註，稍補原文缺憾，但仍不够明瞭。這種棄簡就難的寫法，不無作者誇耀學識、文筆的意圖，故反覆引譬設喻，套用經史名句，其意並不在經史，卻增加了不少與漆藝本無關聯的文字，使其敘述距離漆工的實質問題越來越遠。

　　今人王世襄先生自 1949 年起爲本書編寫解說，其間經 1965 年、1977 年兩次補充修改，不但將黃成原文與揚明註，徵引古代史料、現代漆工技法專著互相參照、綜合詮釋，並觀察實物及考古發現的資料，取與《髹飾錄》相印證。使得此書對於今日漆藝研究與文化傳承，發揮重要意義。

參考書目

1. 六角紫水，《東洋漆工史》，東京：雄山閣，1932 年 3 月。
2. 大村西崖著　陳彬龢譯《中國美術史》，台北，商務印書館，民國 56 年 3 月。
3. 索予明，《中國漆工藝研究論集》，台北：故宮博物院，民國 79 年增訂再版。
4. 王世襄，《髹飾錄解說：中國傳統漆工藝研究》，北京：文物出版社，1998 年。
5. 鮑義來，《徽州文化全書·徽州工藝》，合肥：安徽人民出版社，2005 年。
6. 長北，〈我國古代漆器的經典著作——論髹飾錄〉，《東南大學學報》8 卷 1 期 2006 年 1 月。

附錄二　從石頭到通靈寶玉
──談尚玉意識在《紅樓夢》中的表現

一、前　言

　　中華民族有著「愛玉」、「崇玉」和「貴玉」的思想傳統，自新石器時期起，對玉就有明確的認知。玉是廣義的「石」或「玉石」，經過雕琢能有超越玉璞的價值，《禮記‧學記》更以「玉不琢，不成器」來勉人向學。東漢許慎的《說文解字》一書，總結了前人對玉認識的基礎，釋玉云：

> 石之美有五德者，潤澤以溫，仁之方也；觸理自外可以知中，義之方也；其聲舒揚專以遠聞，智之方也；不撓而折，勇之方也；銳廉而不忮，絜之方也。

與玉以「仁、義、智、勇、絜」五種道德，則為哲學價值取向，反映出中國人尚玉的觀念。

　　玉器的產生、發展，能顯示中華民族特有的尊禮儀、尚道德、崇美善、重溫良的精神。本文在前人玉器研究成果的基礎下，從「玉文化」的觀點，闡明「通靈寶玉」在《紅樓夢》一書中的意義與象徵。

二、中國玉器與玉文化發展

　　中國玉器從原始社會開始，就和人們的生活習慣、宗教信仰、祭祀禮儀、政治思想、道德信條、喪葬制度等息息相關。進入宗法社會後，玉器成為皇室貴族與上層社會所享有，作為顯示身分、地位和從事各種活動的用品。

　　從新石器時代開始，人們已把玉作爲美的化身。到了新石器時代晚期，由對玉的美化發展爲對玉的神祕化、神聖化，把玉作爲神靈的代表或溝通神靈、祖先的神物。主要玉器有生產工具、裝飾品和禮儀器三大類，確立了中國歷代玉器品類的基本範圍，可稱爲中國玉器的初期高峰。

　　統治階級形成後，玉朝向等級化、禮儀化發展。中國玉器的「神玉文化」特點，在商代玉器中反映得最爲突出。玉製的禮器，成爲天地人神鬼間交往的中介，爲中國玉史上的又一次高峰。

　　中國玉文化的「禮玉文化」特色，當自周代始。不論是祭祀神靈或是典章制度，不可無一處無玉。通過玉體現以血緣宗法制度爲核心的政治文化，即確立和鞏固宗法等級制度基礎上的人倫關係，以達到禮的最高境界。

　　春秋戰國時期主張「德治」的儒家學者，認爲玉有許多美德，提倡「君子比德於玉」，玉進而被道德化、人格化。《禮記‧聘義》載孔子回答子貢關於「君子貴玉而賤珉」的問題時說：

> 夫昔者，君子比德于玉焉：溫潤而澤，仁也；縝密以栗，知也；廉而不劌，義也；垂之如隊，禮也；叩之其聲清越以長，其終詘然，樂也；瑕不掩瑜，瑜不掩瑕，忠也；孚尹旁達，信也；气如白虹，天也；精神見於山川，地也；圭璋特達，德也；天下莫不貴者，道也。詩云：言念君子，溫其如玉，故君子貴之也。

君子所以貴玉，因爲玉有十一種美德，所謂仁、智、義、禮、樂、忠諸德，主要根據玉的色澤、質地、透明度，以及敲擊時發出的聲音等性質。而信、天、地、德、道的涵義，則屬於抽象的溢美之辭。玉器的文化價值、政治價值的提昇，是中國玉文化史的第三次高峰。

　　漢代玉器與神話、宗教文化（特別是道教），以及社會生活息息相關。帝王貴族的厚葬之風，使玉器在質、量與品類上有較大的發展，標誌著中國玉文化史的第四次高峰。道教的長生不死宗教觀，相信玉能保護屍體不朽，因此葬玉得到空前的發展。

　　隋唐以後，「以玉事神」的思想雖仍存在，但禮儀用玉已降至次要地位，玉器漸漸走向世俗化，以爲現實社會生活服務的玉器爲主流。世俗趣味與古典風雅相結合的玉器，發端於宋代，而大盛於明代，形成中國玉文化史的第五次高峰。

　　清代的玉器爲中國歷代玉器之集大成者，帝王貴族的政治生活、日常用

品、禮樂祭祀、典章制度，幾乎不可一處無玉，為玉器發展的第六次高峰。

　　玉實為天地之精華，質感溫潤細膩，色感純潔無瑕，音感悅耳，形感雅致脫俗，是以中國人佩之、禮之、祭之、寶之、贈之、葬之、食之，玉文化深入我們的生活與心靈。雖然中國玉器的發展，長期蒙上了道德化、宗教化、政治化的色彩，「首德次符」的觀念也主導著思想層面，但玉器的藝術性、審美性和欣賞性仍十分突出。

三、《紅樓夢》中的通靈寶玉

　　古人視玉石的美為自然界的神奇產物，認為玉可以上達天地鬼神，是至堅、至寶、通靈之物，《紅樓夢》中林黛玉便曾笑問賈寶玉：「至貴者是寶，至堅者是玉。爾有何貴，爾有何堅？」（第 22 回）賈寶玉生下來，嘴裡就銜著一塊五彩晶瑩的玉來，從此青埂峰下頑石的幻相──通靈寶玉，便一直伴隨其人生，無論他怎麼用力摔、砸，於它都毫無損傷。唯當它主動離開時，賈寶玉就失去了心智靈性，像個傻子似的，所以賈寶玉可以說是通靈寶玉的化身。從小說假借「玉石」的時時點化、處處機鋒，真假虛實間，可以看出中國尚玉思想的幾個面向：

（一）玉即美石

　　我國自古就有崇拜石頭的文化傳統，石頭可以補蒼天、堙洪水。《紅樓夢》第一回說明《石頭記》緣起的神話楔子裡，敘說通靈寶玉來自女媧煉石補天用剩的一塊頑石，

> 靈性已通，因見眾石俱得補天，獨自無材不堪入選，遂自怨自嘆，
> 日夜悲號慚愧。（第 1 回）

女媧的鍛鍊給了頑石以生命，具有靈性的光輝、喜怒哀樂的情感與思慕追求的慾望，成為入世賈寶玉的前身。女媧的棄置不用，注定了石頭無才補天的悲劇，一僧一道的介入，改變了石頭的存在狀態，使其由石而玉，由虎嘯猿啼的青埂峰，進入溫柔富貴的人世間。這一塊頑石化成的通靈寶玉，逍遙通靈，纖塵不染，但頑石的命運並未因此改變，最後仍以「劫終之日，復還本質，以了此案」（第 1 回）作結。

　　由頑石化成通的靈寶玉，其外形「鮮明瑩潔」，造型「扇墜大小的可佩可拿」（第 1 回）、「上頭還有現成的眼兒」（第 3 回）、「大如雀卵」（第 8 回），

約爲胎中兒口可含之大小，色澤「五彩晶瑩」（第2回）、「燦若明霞」、「五色花紋纏護」，質感「瑩潤如酥」（第8回），上鐫文字。

小說中對石性與玉性的發揮，也起著人物刻劃的功能。通靈寶玉既是美玉又是頑石，頑石代表著本性、藝術、愛情；美玉代表著雕琢、政治、名教。賈寶玉反對追求仕途經濟道路，執著於個性和愛情的自由，爲頑石般剛強不屈性格的表現。其養尊處優，被賈母等視爲如寶似玉的命根子，表現出嬌貴高尚的玉性。

頑石幻形爲通靈寶玉，再幻化成賈寶玉，是以「失去幽靈眞境界」爲代價的。它「幻來親就臭皮囊」（第8回）後，通靈寶玉成爲賈寶玉生命的本體，是其精神、靈氣之所居，而肉體形態的賈寶玉不過是一個物質外殼而已。此石在人世間已失去神性，不知自己的所來所歸、前因後果，十九年間經由對情的迷到悟的塵世歷劫，最終重新回歸於石頭，此一結果與玉石崇尚潔淨無瑕的本質相當。

（二）以玉為重

古之君子必佩玉，根據《禮記·玉藻》記載：「君子無故，玉不去身，君子於玉比德焉。」人因玉而俊美，玉因人而光彩，玉與佩玉之人互顯其不俗，《詩經·衛風·淇奧》記載：「瞻彼淇奧，綠竹青青。有匪君子，充耳琇瑩，會弁如星。」威儀英岸、地位顯赫的衛武公，以玉爲佩飾，愈顯其卓爾不凡。以玉喻人，多取其潔美之形象，如《詩經·衛風·淇奧》稱贊有文采的衛武公「如圭如璧」，玉不僅寓君子之貌，亦可托君子之德。《紅樓夢》中北靜王水溶初見賈寶玉云：「名不虛傳，果然如寶似玉。」（第15回）玉能折射出人的尊崇和高貴，人君達官玉不離身，亦有明身分、顯地位的用意。

玉器作爲飾物，象徵祥瑞，傳說亦有避邪、鎮驚的作用。《紅樓夢》中賈寶玉因爲啣玉而生，賈母對他寵愛有加（第2回），此通靈寶玉正面鐫有「莫失莫忘」、「仙壽恒昌」，反面刻有「一除邪祟、二療冤疾、三知禍福」（第8回）字樣，明確指出此玉之作用。玉器上鐫刻吉祥內容的文字，初見於漢代，以剛卯嚴卯最具典型性，至明代、清代有所繼承發揮。而玉的長生、避禍功能，當與古人食玉屑求長生、著玉衣以求靈魂不滅的觀念，以及先民以玉殉葬俾便延續生命的風俗有關。

第25回寫寶玉、鳳姐中邪，有一僧一道前來治病，指出通靈寶玉能治病，只是被聲色貨利所迷，失了靈驗。於是將玉取出予和尚持頌，後和尚遞與賈

政道：

> 此物已靈，不可褻瀆，懸於臥室上檻，將他二人安在一室之內，除
> 親身妻母外，不可使陰人沖犯。三十三日之後，包管身安病退，復
> 舊如初。（第 25 回）

說明了玉有除邪、安身、避禍的作用，若要靈驗，則須時時蒙養，頗有警世
之旨。《紅樓夢》中只要是爲了救「寶玉」，即便是襤褸骯髒、癩頭跛足的僧
道，以「玉」爲由即可任意出入榮國府，賈政及賈府女眷也不敢怠慢。而這
塊寶玉無論落入儒、釋或道者手中，不僅不顯突兀，反更盡其通靈之能事。

《紅樓夢》中眾人對通靈玉的看重幾乎等同於寶玉。寶玉幾次摔玉，眾
人皆嚇得一擁爭去拾玉，賈母急得摟了寶玉道：

> 孽障，你生氣，要打罵人容易，何苦摔那命根子。（第 3 回）

傳神地描繪出賈府上上下下對那塊玉的重視、呵護，視之爲命根子，地位高
過任寶玉打罵的下人。寶玉睡下時，

> 襲人伸手從他項上摘下那通靈玉來，用自己的手帕包好，塞在褥下，
> 次日帶時便冰不著脖子。（第 8 回）

又鳳姐因秦氏之喪，下榻水月寺，

> 一時寬衣安歇的時節，鳳姐在裏間，秦鐘寶玉在外間，滿地下皆是
> 家下婆子，打鋪坐更。鳳姐因怕通靈寶玉失落，便等寶玉睡下，命
> 人拿來塞在自己枕邊。（第 15 回）

皆說明了寶玉周圍的人，對此美玉的看重與呵護，甚至超乎對人本身價值的
重視。

第 29 回寫張道士拿了托盤請下通靈寶玉，以便讓道友及徒子徒孫見識，
送回時盤內多了三五十件玉玦、金璜等，皆是珠穿寶貫、玉琢金鏤的，張道
士笑道：

> 眾人托小道的福，見了哥兒的玉，實在可罕。都沒什麼敬賀之物，
> 這是他們各人傳道的法器，都願意爲敬賀之禮。（第 29 回）

如此隆重的賀禮，雖是奉承迎合，也可見眾對此通靈寶玉的敬重與尊崇，即
使是出家爲道士者流，與富貴人家往來餽贈，也以金玉酬對，且不惜以傳道
的法器爲敬賀。

眾人對玉的執著、癡迷，讓心智已悟的寶玉笑道：

> 你們這些人原來重玉不重人哪！你們既放了我，我便跟著他走了，

看你們就守著那塊玉怎麼樣。（第 117 回）

通靈寶玉的靈氣落實於賈寶玉身上，成為賈寶玉具有自省能力、感覺敏銳的泉源，所有賈寶玉紅塵中的遭遇，展示了生命趨向圓熟的痕跡。是以玉在人在，玉亡人亡，「玉」在《紅樓夢》中成為個人生命榮辱、家族興亡的象徵。

（三）以玉為信

玉作為愛情、友情的中介物，大約是玉本身的特質及其惹人喜愛之處，與潔美的愛情和純真的友情能通感。《詩經・衛風・木瓜》載：「投我以木瓜，報之以瓊琚，非報也，永以為好也。」以美玉作為彼此情感的信物，在純淨無瑕中愈見情深意長。《詩經・秦風・渭陽》載：「我送舅氏，悠悠我思。何以贈之，瓊瑰玉佩。」舅甥惜別，秦康公以瓊瑰玉佩表達對親情的眷戀，也顯示出兩位國君的真誠情意。

玉器是尊貴和財富的表徵，古代能佩帶玉飾者，多為富貴人家子弟。玉也代表著美好的人與物，《詩・秦風・小戎》云：「言念君子，溫其如玉」。寶玉佩帶之通靈玉，不僅代表其出身有來歷，亦顯現上述各項玉的特點，並且成為寶、黛之間木石情緣發展的阻力，以及寶、釵之間金玉姻緣撮合之象徵。

通靈寶玉對黛玉而言，是她和寶玉間不斷爭吵、鬧彆扭的主因，重人不重玉是寶、黛愛情的共同信念，黛玉不斷提及「金玉」之言，為的就是要寶玉給她承諾、讓她寬心。可惜無論寶玉如何表明心跡，都無法打開黛玉的心結。相愛之人沒有可以取信眾人的信物，不相愛之人卻有命定的信物為依據，無怪乎黛玉如此無奈與多心。寶玉兩次摔玉始終摔不壞，即暗示他掙脫不了金玉良緣的天定說。而金、玉之堅貞如「信物」以為憑證，其源自於傳統玉文化內涵，寓意鮮明。

然而畢竟寶玉的通靈寶玉和寶釵的金鎖，不是彼此私贈的定情信物。兩人的婚姻是在寶玉失其「命根子」通靈玉後，由家中長輩一手促成，為得是為寶玉「沖喜」，以求恢復正常（第 96 回）。這樣的姻緣與其說是天定，不如說是消極的宿命論。黛玉得了寶玉的心，卻無法與寶玉結合。寶釵雖得到寶玉的人，婚後不久即遭拋離，寶玉遁入空門，兩人終究無法永結同心。

四、結　語

中國是愛玉、敬玉的民族。玉融合於生活、習俗、觀念、制度中，衍生

出玉文化，並與我們的心靈緊密相扣。《紅樓夢》成書於乾隆年間，雖云「滿紙荒唐言，一把辛酸淚」，但其文字結合了儒、釋、道的思想體系與觀點，縱橫神話、寓言、詩詞、典故、民俗等體例，已成為研究清代文學、民俗學、語言學與政治學等的重要資料。其間提及的衣飾、器用等，其繁華綺麗、說不盡的富與貴，不僅織入情節發展，更能彰顯人物的性格。尤其是全書錯雜交織著中國玉文化的深厚內涵，貫串全書的「通靈寶玉」，不但關係著寶玉一生的禍福，也可說是大觀園興衰的縮影與寫照。故「通靈寶玉」在小說《紅樓夢》中反映出的文物精神面貌，足以印證玉器文化的內涵。若不了解玉文化的宗旨，便無法全面了解「通靈寶玉」在小說中的精義；不深入探討玉文化的寓意與作用，便無從得知生命在宇宙洪荒中所蘊育出的神話傳說，與中國文化的淵源與奧秘。因此玉器的研究，不只是解釋器物的存在、雕琢與經濟價值，更要多層面、多角度挖掘其文化內涵，以作為中國文化的整體呈現與精神指標。

參考資料

（一）專　書

1. 《中國的玉器》，那志良，台北：廣文書局，1964 年。
2. 《古玉論文集》，那志良，台北：國立故宮博物院，1983 年。
3. 《紅樓夢校注》，曹雪芹，高鶚，台北：里仁書局，1984 年。
4. 《古代玉器通》論，尤仁德，北京：紫禁城出版社，2002 年。
5. 《古玉史話》，盧兆蔭，台北：國家出版社，2003 年。
6. 《玉文化探祕》，俞美霞，台北：藝術家出版社，2005 年。

（二）期刊論文

1. 〈由紅樓夢之神話原型看賈寶玉的歷幻完劫〉，許素蘭，《中外文學》，1976 年 8 月。
2. 〈《紅樓夢》定情物析論〉，孫貴珠，《中國海事專科學校學報》，1998 年 6 月。
3. 〈尚玉意識在《詩經・國風》中的表現方式〉，蒲生華，《青海社會科學》，2004 年 1 月。

附錄三　朱舜水對日本安東省庵思想的影響 [註1]

一、前　言

　　梁啓超在《中國近三百年學術史》中稱朱舜水爲「畸儒」，以其於國家變故後奔走海外，生平與清代諸儒有不同之風貌。身爲明末知識分子，面對國家興亡，歷經仕／不仕、死／不死的抉擇關隘，朱舜水如何走出了一條與眾不同的道路，其生命情境值得吾人探究。梁啓超於《中國歷史研究法補編》提到：

> 我自己做《朱舜水年譜》，把舜水交往的人，都記得很詳細。……朱
> 舜水與日本近代文化極有關係，當時即已造就人才不少。我們要瞭
> 解他影響之偉大，須看他的朋友和弟子跟他活動的情形。[註2]

意謂釐清朱舜水與日本友人、門生交往的經過，可以瞭解其學術地位及對日本儒學的影響。就中華本《朱舜水集》所錄，與朱舜水交往的日人約有八十多位。其中關係最密切的，當屬朱舜水第一位日本弟子安東省庵。

　　本文擬以朱舜水與安東省庵交往 25 載的師生情誼爲中心，探討朱舜水對安東省庵思想之影響，一窺朱舜水對日本江戶時代（1603～1867）朱子學派儒者思想形成之貢獻。

〔註 1〕　本文原刊於《長庚科技學刊》第 5 期，2006 年 12 月。
〔註 2〕　《朱舜水集》附錄一，頁 729。

二、朱舜水生平

朱舜水（1600～1682），明浙江餘姚人。名之瑜，字魯璵，又作楚璵，學者稱舜水先生。〔註3〕其生平可由其回答詢問的〈答源光圀問先世緣由履歷〉〔註4〕、門人今井弘濟與安積覺合撰〈朱舜水先生行實〉，〔註5〕以及安積覺撰〈明故徵君文恭先生碑陰〉、〈略譜〉〔註6〕等文，得其梗概。

朱舜水曾受業於臨海陳函輝、慈谿李契玄與吏部左侍郎華亭朱永佑門下。崇禎某年，提督蘇、松等處學政監察禦史亓某（名闕）舉「文武全才第一名」，薦於禮部。〔註7〕崇禎16年，擢恩貢生，主考官禮部尚書吳鐘巒貢箚稱為「開國來第一」。〔註8〕然由於世道日壞，國是日非。外有後金脅迫，內有權奸當道，朱氏不願同流合污，曾對妻子言：「自揣淺衷激烈，不能隱忍含弘，故絕志於上進耳。」〔註9〕

明亡之後，朱舜水屢次拒絕南明朝廷徵召，〔註10〕在末世亂局中，或許其已認清，傳統的用世之心無法發揮作用，〔註11〕故選擇不仕，而經營海外，乞師求援，積極投入復興事業，從此展開其近40年的漂泊生涯。〔註12〕初以舟山為根據地，往來於日本長崎、安南等地，但多年經營徒勞無功。其間在安南遭供役之難，被拘五十餘日，與死為鄰，而有〈安南供役紀事〉、〈堅確賦〉之作。〔註13〕

〔註3〕關於「舜水」一號的由來，源於德川水戶侯源光圀請於朝。於1665年命長崎鎮巡島田守政專員護送，待以賓師之禮。光圀以其年高德重，不敢稱其字，欲得一菴齋之號稱之，舜水答言無有。三次致言，乃以故鄉一水名應焉。「舜水」之稱始此。見〈與安東守約書二十五首〉，《朱舜水集》頁161。

〔註4〕收入《朱舜水集》，頁350～353。

〔註5〕收入《朱舜水集》附錄一，頁612～624。

〔註6〕二文收入《朱舜水集》附錄一，頁630～634。

〔註7〕〈答源光圀問先世緣由履歷〉，《朱舜水集》，頁351。

〔註8〕〈與諸孫男書〉，《朱舜水集》，頁47。

〔註9〕〈舜水先生行實〉，《朱舜水集》，頁613。

〔註10〕朱舜水於〈答源光國問履歷〉云：「通計徵召薦辟除擬，除亓院疏薦外，凡壹拾貳次，始終不受。」《朱舜水集》，頁352。

〔註11〕朱舜水於答安東守約問徵辟不就之義時云：「見得天下事不可為而後辭之，非洗耳飲牛、羊裘釣魚者比也，亦非漢季諸儒閉門養高以邀朝譽也。」〈答安東守約問八條〉，《朱舜水集》，頁371。

〔註12〕〈與男大成書〉云：「滿朝上疏彈劾，網羅密佈，立刻擒拏，一時倉皇逃竄，不能入城與汝伯作別，至今悔恨無已。」《朱舜水集》，頁44～45。

〔註13〕收入《朱舜水集》，頁14～34。

　　1659 年從鄭成功北伐失敗後，朱氏見失地不可收，始生悲壯之志，復至日本長崎。弟子安東省庵爲其奔走當道，乞破禁例許久留住。〔註 14〕1661 年朱舜水爲答安東省庵「明室致亂之由及恢復兵勢」之問，乃撰〈中原陽九述略〉一文。〔註 15〕其中「致虜之由」縷述明朝衰亡之因，固由於逆虜負恩，但士大夫咎由自取亦不容否認。「虜勢二條」「虜害十條」與「滅虜之策」，顯現其堅確的復國之志。〈中原陽九述略〉一文完成時，距離清軍入北京、崇禎朝結束已 17 年，全文交由安東省庵收藏，謂「他日采逸事於外邦，庶備使官野乘耳。」〔註 16〕成爲當時得以倖存海外的抗清之作。

　　選擇流亡日本之初，朱氏並未有終老之計，更「非爲昌明儒教而來」。〔註 17〕然因感於水戶侯源光圀（1628～1700）的敬重體己，於 1665 年應聘至江戶（東京）爲賓師。對此一轉折，朱舜水在〈與陳遵之書〉信中云：

　　　　弟於如許大功名大權勢，棄之如敝屣，逃之如沒溺。豈今墓木已拱，

　　　　乃思立功異域？但遭遇如此，雖分在遠人，亦樂觀其德化之成也。

　　〔註 18〕

文德教化成了轉化個人心志、超越國族界域的所在，此一轉捩點提供了朱舜水一個相對於中國的觀看視野，得以自亡國遺民的流亡狀態中脫出，參與一個文化流派的延續、擴展；得以自個人出處進退或復明反清的思考框架中跳出，面對聖人之學跨疆域、跨族群，普遍傳布的深層文化議題。其於〈答小宅生順問六十一條〉云：

　　　　孔子歷聘七十二君，求一日王道之行而不可得。以僕之荒陋而得行

　　　　其志，豈非人生之大願？〔註 19〕

1665 年光圀奉命就國，歸水戶藩封，迎朱舜水至水戶（茨城）講學，當時活動的情形，朱舜水在〈與安東守約書二十五首〉提及：

　　　　水戶學者大興，雖老者白鬚白髮，亦扶杖聽講。且贊儒道大美，頗

〔註 14〕〈與鍋島直能書三〉云：「昨年果破格留止，慰藉加隆。」《朱舜水集》，頁 70
　　　　～71；〈與陳遵之書〉云：「日本國之禁，三十餘年不留唐人，留弟乃異數也。」
　　　　前揭書頁 43。

〔註 15〕〈舜水先生行實〉，《朱舜水集》，頁 617。

〔註 16〕〈中原陽九述略〉，《朱舜水集》，頁 13。

〔註 17〕〈答釋斷崖元初書〉，《朱舜水集》，頁 63。

〔註 18〕《朱舜水集》，頁 43。

〔註 19〕《朱舜水集》，頁 406。

有朝聞夕死而可之意。〔註20〕

在江戶、水戶講學 18 年間，除應德川光圀之諮詢，規劃釋奠禮儀、服飾、學校等制度外，也以書簡、筆談等方式，與儒學各派人物往來、問答、論辯。其中與以德川光圀爲首的水戶學派，可謂關係最密切、影響最深遠。〔註21〕

1682 年四月十七日，朱舜水病逝江戶寓所。源光圀率其世子綱條及諸朝士臨其喪，安葬於常陸久慈郡大田町瑞龍山麓（今茨城縣水戶市）德川氏陵園。依中國式作墳，坐東朝西，遙望故國，題曰：「明徵君朱先生之墓」。源光圀與群臣議爲祭文曰：

> 古言曰，道德博聞曰「文」，執事堅固曰「恭」，蓋先生之謂乎！故諡曰「文恭」。〔註22〕

朱舜水自 60 歲起流寓日本講學，至 83 歲去世爲止，前後 23 年，造就了無數日本學生，可謂實現其「人生之大願」已。梁啓超云：

> 朱舜水以極光明俊偉的人格，極平實淹貫的學問，極純摯和藹的感情，給日本全國人民以莫大的感化。〔註23〕

在清初文化高壓統治政策下，眞正敢於面對社會現實、斥責清統治集團、堅持民族氣節者，惟朱舜水可以當之。他身居異國他鄉，無所顧忌講學著述，爲了表達對明室的忠貞，他誓死不履清土，不食清粟，蹈海全身，亡命日本，以傳播中華文化爲職志，作爲流寓異域儒者的第一人，完成了「士志於道」的君子典型。

三、朱舜水與安東省庵

〔註20〕《朱舜水集》，頁 169。

〔註21〕水戶學是德川光圀統領編纂《大日本史》過程中所形成的學派。《大日本史》編纂過程長達 250 年（1657～1906）之久，其間可大略分爲三期：一是前期水戶學，以德川光圀及安積覺爲中心，孕育出的尊王思想。二是後期水戶學，以藤田幽谷（1774～1826）父子和會澤正志齋（1782～1863）爲主，以國家論形式呈現之政治經濟思想。三是幕末水戶學，約從天保時期（1830～1844）以後，思想已體系化，爲思想實踐時期。參考本鄉隆盛〈藤田幽谷正名論的歷史地位：水戶學研究的現況〉，收入《德川時代日本儒學史論集》，頁 203～204。德川光圀爲禮聘朱舜水爲賓師的水戶藩主；安積覺自少從舜水讀書，擅長史學，後任職水戶彰考館 41 年，故朱舜水對前期水戶學當有間接促進發展之功。

〔註22〕《朱舜水集》，頁 623。

〔註23〕梁啓超《中國近三百年學術史》，頁 90。

　　安東省庵（1622～1701），名守約，號省庵、恥齋，爲日本德川時代柳川藩（福岡）儒臣。曾赴京都拜京師派朱子學大師藤原星窩〔註24〕（1561～1615）之弟子松永尺五〔註25〕（1592～1657）門下，學習程、朱學說，屬藤原星窩系統。然其思想形成受朱舜水影響更大，於京師朱子學派下自成一系統。

　　1658 年，安東省庵經友人穎川入德介紹，認識了第 6 次來到長崎的朱舜水，由於仰慕其學植德望，故致書問學，執弟子之禮。1659 年冬，朱舜水第 7 次抵長崎，安東守約兼程自柳川趕來拜見，此爲師生二人第一次見面，在今井弘濟、安積覺合撰之〈舜水先生行實〉中記載當時情景：

> 以明年己亥，又至日本。先是築後柳川有安東守約者，欽其學植德望，師事之。深體先生忠義之心，知其歸路絕，宿望沮，固請先生留日本，先生從焉。乃與同志者連署白長崎鎮巡，鎮巡許之。〔註26〕

安東氏體念恩師旅況窘迫，以半俸事師，持續五年多。朱氏於〈與孫男毓仁書〉中詳述此事，並叮囑子孫：

> 省庵薄俸貳百石，實米八十石，去其半止四十石矣。每年兩次到崎省我，一次費銀五十兩，二次共一百兩，首簹先生之俸盡於此矣。……此等人中原亦自少有，汝不知名義，亦當銘心刻骨，世世不忘也。〔註27〕

對於恩師的推崇，安東氏視爲盡門人之本分而已，其於〈悼朱先生文〉中云：

> 守約尊先生，本非爲名，先生愛守約，亦豈有私，惟欲斯學之明而已矣。〔註28〕

　　1663 年春，長崎大火，朱氏僑居之小屋遭毀，寓居於皓臺寺廊下，風雨不避，盜賊充斥，不保旦夕。安東省庵聞之曰：

〔註24〕江時代初期，由於幕府大力推動，朱子學日益受到重視，依師承與地域關係，發展出各具特色的派別。其中藤原惺窩所創以京都爲中心的京學派最具影響力。其最大貢獻在於使儒學擺脫禪學的束縛，走向獨立的學派，並向倫理方向發展。弟子人才輩出，其中林羅山、松永尺五、堀杏庵、那波活所四人，有「藤門四天王」之稱。參閱《日本的朱子學》，第二章〈京師朱子學派〉。

〔註25〕藤原惺窩高弟之一，從其學者有五千餘人，以木下貞幹、宇都宮遯庵、安東守約、貝原益軒最爲知名。參閱《日本的朱子學》，第二章〈京師朱子學派〉。

〔註26〕《朱舜水集》，頁 617。

〔註27〕《朱舜水集》，頁 48。

〔註28〕《省菴先生遺集》卷 6，頁 472。

我養老師，四方所俱知也。使老師饑死，則我何面目立乎世哉？
〔註29〕

是時省庵妹重病，仍立即赴長崎拮据綢繆。事後朱氏有書規之曰：

賢契篤於骨肉之情，此自賢契天性之獨厚，學問之獨充。乃又於兄
弟病危之際，舍之而遠憂不佞，且欲同來餓死。賢契之於不佞，懇
惻眞篤，遂至於此！……以後萬萬不可如此，至囑至囑！〔註30〕

自1658年至1682年，師生相交的25年間，朱氏大多藉著書簡、筆談問
答方式與安東氏溝通，傳授儒學。今收錄於《朱舜水集》（中華本）中有給安
東省庵書信約55封、答問42條以及〈諭安東守約規〉；又《朱舜水集補遺》
補錄寄安東氏書34封、筆語46條、〈題恥齋〉。在當時交通不方便、幕府出
藩限制，以及語言隔閡的情形下，密切的書信往來，成爲其師生討論學術與
情感互動的主要憑藉。

朱舜水在回答安東守約問「作詩文」時指出：

所貴乎儒者，修身之謂也。身既修矣，必博學以實之；學既博矣，
必作文以明之。不讀書，則必不能作文；不能作文，雖學富五車，
忠如比干，字奴伯奇、曾參，亦冥冥沒沒而已。故作文爲第二義。
至於作詩，今詩不比古詩，無根之葦藻，無益乎民風世教，而學者
汲汲爲之，不過取名幹譽而已。〔註31〕

教導守約儒者以修身爲本，詩文爲輔，文章當爲載道服務，爭取立言機會，
思想方能傳諸久遠。對於爲學之道，朱舜水認爲當博而約，尋本探源，方謂
博學審問。其以筆語告訴省庵說：

爲學初時貴博，後來漸漸貴約。初時五經，後來有專經。一經之中，
得力止在數語。譬之水海極浩瀚矣。觀乎海者難爲水，遊於聖人之
門者難爲言。若不窮極河源，未爲知水之本也。賢契當取數種書，
熟讀精思，後來漸到至一至約上去爲妙。若生吞活剝，雖窮萬卷與
不讀所爭不遠。〔註32〕

不拘守門戶之見，取其精華綜合融會，才是爲學之道。其於〈與安東守約書

〔註29〕《朱舜水集》，頁618。
〔註30〕〈與安東守約書廿五〉，《朱舜水集》，頁165〜166。
〔註31〕〈答安東守約問三十四條〉，《朱舜水集》，頁394〜395。
〔註32〕朱舜水筆語一四，《朱舜水集補遺》，頁159。

廿五首〉中云：

> 孔子生知之聖，其一生並不言生知，所言者學知而已。如曰：「好古
> 敏求」，「我學不厭」，「不如丘之好學也」等語，可見聖人教人之法
> 矣。陸象山、王陽明之非，自然可見矣。不論中國與貴國，皆不當
> 以之為法也。〔註33〕

　　安東省庵向朱舜水提出有關陸王學的問題，朱舜水的態度是既肯定朱子
學，也肯定王學。對於「尊德性、道問學」的異同，朱氏則堅持實理實學，
不言天道，唯重在人事，在〈諭安東守約規〉中剴切指出：

> 仲尼之道如布帛菽粟，誠無詭怪離奇，如他途之使人炫燿而羨慕。
> 然天下可無雲綃霧縠，必不可無布帛；可無交梨火棗，不可無粱粟；
> 雖有下愚，亦明白而易曉矣。〔註34〕

對於省庵問「讀書作文法」時，不忘反覆叮嚀為學當以實踐為貴：

> 學問之道，貴在實行。顏子聞一知十，而列德行之首，可見矣。餘
> 謂君義臣忠，父慈子孝，夫和婦順，兄友弟恭，而朋友敬信，此天
> 下之至文也；而孝又為百行之源。孝則未有不忠，未有不恭、敬、
> 信、誠者也。古人又曰：「孝衰於妻子。」此世俗閱歷之言，而非上
> 哲之所慮也。程子又曰：「未讀論語時是這般人，讀了後依舊是這般
> 人，如未讀論語一般。」孔子曰：「有顏回者好學，不遷怒，不貳過。」
> 豈非聖賢之學，俱在踐履。〔註35〕

　　安東省庵一生孜孜不倦，精進不已，身受朱舜水典範陶冶，遂成一家篤
實之學朱舜水於〈諭安東守約規〉中說：

> 若能不待文王而興，則安東省菴真豪傑之士哉！〔註36〕

對此得意門生寄予殷切厚望，並將一生不輕易許人的「知己」二字贈予。〔註37〕
這分超越民族、跨越國境的師生真情，為十七世紀中、日文化交流史，增添幾
許薰香。

〔註33〕《朱舜水集》，頁166。
〔註34〕《朱舜水集》，頁578～579。
〔註35〕〈答安東守約問八條〉，《朱舜水集》，頁369。
〔註36〕《朱舜水集》，頁578。
〔註37〕〈答安東守約書三十〉云：「知己兩字，他人以為尋常贈遺語，不佞絕不肯許
　　　　人。……惟少司馬全節完勳王先生足以當之，今得賢契而再矣。」《朱舜水集》，
　　　　頁186～187。

四、朱舜水的學術思想

朱舜水強調實功、實用之學,實本於孔子之思想,其於〈勿齋記〉云:

> 古今之稱至聖者莫盛於孔子,而聰明睿知莫過於顏淵。及其問仁也,
> 夫子宜告之以精微之妙理,入於言思俱斷之路,超越於「惟精惟一」
> 之命,方爲聖賢傳心之秘;何獨曰:「非禮勿視,非禮勿聽,非禮勿
> 言,非禮勿動」?夫視聽言動者,耳目口體之常事,禮與非禮者,
> 中智之衡量,而「勿」者下學之持守,豈夫子不能說玄說妙,言高
> 言遠哉?抑顏淵之才不能爲玄爲妙,驚高驚遠哉?夫以振古聰明睿
> 知之顏淵,而遇生民未有之孔子,其所以授受者,止於日用之能事,
> 下學之工夫;其少有不及於顏淵者,從可知矣。故知道之至極者,
> 在此而不在彼也。〔註38〕

認爲知識應從生活實踐中學習,能發揮功用的學習才有意義,所謂「爲學當有實功,有實用。」〔註39〕「躬行之外,更無學問。」〔註40〕故錢穆謂朱氏的學問,用心於社會民生之實功實用上。〔註41〕

朱舜水對著述之事態度謹慎,不肯草率立論,其〈與安東守約書廿五〉云:

> 著書之事,前以質之古人,後以俟之後賢。其中有一毫不妥,目前
> 雖人人賞識,而百世之後有一人議者,便非完璧。〔註42〕

今日所見朱舜水之作品,或應邀之作,或與門生、友人筆談問答、往來函牘。藉此,吾人亦可一窺朱氏於海外講學之風貌。其文集中存有爲數不少給弟子的書簡、答疑。今井弘濟、安積覺合撰的〈舜水先生行實〉記載:〔註43〕

> 碩儒學生常造其門者,相與討論講習,善誘以道。於是學問之方、
> 簡牘之式、科試之制、用字之法,皆與有聞焉。

此類問答體的講學方式,令人想起《論語》中孔子與弟子的對話,而朱氏亦履行了孔子述而不作的精神。朱舜水對孔子之推崇,可由其〈孔子贊三首〉〔註44〕

〔註38〕《朱舜水集》,頁484～485。
〔註39〕〈答小宅生順問六十一條〉,《朱舜水集》,頁406。
〔註40〕〈與古市務本書六首〉,《朱舜水集》,頁330。
〔註41〕錢穆〈讀朱舜水集〉,《中國學術思想史論叢》8,頁18。
〔註42〕《朱舜水集》,頁168。
〔註43〕《朱舜水集》,頁624。
〔註44〕《朱舜水集》,頁557～558。

明白，並認為自己實踐了孔子誨人不倦之心。〔註45〕

朱氏以書簡、筆談問答的方式，與日本諸儒溝通，實因受限於客觀條件，其於〈與奧村庸禮書廿二〉指出：

> 無限心中事，欲一為傾瀉，及至相逢，輒復吞嚥。總之，語言不便，而書文不同，又不可託之傳說。故相見時多耿耿不可言者。既不與言，可與言者又不得與之言。四海漂零，形影相弔，一至於斯，如何可言？〔註46〕

自認為一生無不可對人言的朱舜水，至此也不得不為語言隔閡所困。所幸德川時代日本儒者有許多研讀漢籍的經驗，也多精通漢文，故能與朱舜水以筆談方式溝通。其所留下的手錄、墨談等資料，皆成了今日研究日本儒學的重要文獻。

朱舜水主張「性成於習」，認為：

> 性非善亦非惡，如此者，中人也。中人之性，習於善則善，習於惡則惡，全藉乎問學矣。學之則為善人，為信人，又進而學之，則為君子，又進而學之不已，則為聖人。〔註47〕

由於重視學的作用，教育思想成為其向源光圀一再強調之施政方向，認為「敬教勸學，建國之大本；興賢育才，為政之先務。」。〔註48〕其於〈元旦賀源光國書八首〉建議：

> 伏以治道者有二，教與養而已。養處於先，而教居其大。蓋非養則教無所施，此奚暇治禮義之說也；非教則養無所終，此飽食暖衣，逸居無教之說也。故教者，所以親父子，正君臣，定名分，和上下，安富尊榮，定傾除亂，其效未可一言而喻也。〔註49〕

強調教育對教化人心、國家發展的重要性。認為「中國之所以亡，亡於聖教之隳廢。聖教隳廢，則奔競功利之路開，而禮義廉恥之風息。欲不亡得乎？」〔註50〕故敬教勸學乃「古今天下國家第一義」。〔註51〕

〔註45〕〈答奧村庸禮書〉云：「不佞於孔子不當天壤，獨是誨人不倦之心，則於孔子無少間也。」《朱舜水集》，頁 272。

〔註46〕《朱舜水集》，頁 257。

〔註47〕〈答古市務本問二條〉，《朱舜水集》，頁 379。

〔註48〕〈勸興〉，《朱舜水集》，頁 501。

〔註49〕《朱舜水集》，頁 115～116。

〔註50〕〈答安東守約書三十〉，《朱舜水集》，頁 183。

〔註51〕同前註。

　　1670 年，源光圀請舜水作〈學宮圖說〉，朱氏並親自指導梓人依圖製三十分之一大小之木模。梓人所不能通曉者，舜水親指授之。此舉不僅涵蓋了中國傳統的教育理想，也表現出朱舜水個人的教育信念與多元才藝。

　　朱氏在日昌明儒教，其阻礙來自於佛教。曾云：「誠恐貴國惑於邪教，未見有眞能爲聖人之學者。」〔註52〕當時日本佛教盛行，根據朱舜水的觀察：

> 東武戶口百萬，而名爲儒者僅七八十人，加以婦女則二萬人中一儒也。而其人又未必不佛。就此七八十人中，又自分門別戶，互相妬忌，互相標榜，欲望儒教之興，不幾龜毛兔角乎？乃欲以此鬪佛，是以蚊撼山也。〔註53〕

爲此朱舜水有言論詆佛，認爲「惟佛氏爲喪心敗俗，必不可爲者。」〔註54〕其學問以經世致用、有益天下國家爲目的，認爲「聖賢要道，止在彝倫日用。」〔註55〕以務空虛玄遠者必無所益，故「儒教不明，佛不可攻；儒教既明，佛不必攻。」。〔註56〕

　　朱氏曾告訴安東省庵說：「學問之道，貴在實行」「聖賢之學，俱在踐履。」〔註57〕故鄙視無益於世用之事，批評宋儒謂「宋儒辨析毫釐，終不曾做得一事。」〔註58〕「宋儒之學可爲也，宋儒之習氣不可師。」〔註59〕而朱舜水在回答日本朱子學派大儒林羅山曾孫林春信，問及崇禎年中的巨儒鴻士時，表示其理想中的儒者應爲：

> 明朝中葉，以時文取士。時文者，制舉義也。此物既爲塵飯土羹，而講道學者，又迂腐不近人情。如鄒元標、高攀龍、劉念臺等，講正心誠意，大資非笑。於是分門標榜，遂成水火，而國家被其禍，未聞所謂巨儒鴻士也，巨儒鴻士者，經邦弘化、康濟艱難者也。〔註60〕

「經邦弘化、康濟艱難」即爲經世實用之表現，故朱舜水的哲學思想爲一實踐哲學。

〔註52〕《朱舜水集》，頁 407。
〔註53〕〈與釋獨立書三首〉，《朱舜水集》，頁 58。
〔註54〕〈答小宅重治書〉，《朱舜水集》，頁 298。
〔註55〕〈顏子像贊〉，《朱舜水集》，頁 561。
〔註56〕〈答釋斷崖元初書〉，《朱舜水集》，頁 63。
〔註57〕〈答安東守約問八條〉，《朱舜水集》，頁 369。
〔註58〕〈安東守約書二十五〉，《朱舜水集》，頁 160。
〔註59〕〈答加藤明友問八條〉，《朱舜水集》，頁 382。
〔註60〕〈答林春信問七條〉，《朱舜水集》，頁 383。

　　朱舜水在〈答平賀舟翁書二首〉中，針對農田收成不佳的問題，殷切講解耕耘的方式與灌溉的技巧，其云：

> 二三月間田盡深耕，起大土塊，翻而覆之，如伏虎蹲羊，然後以水灌之，使土酥而釋，然後用耙耙之，然後用平耙打平。平時亦用水淹一寸許，四面阡陌，勤勤修理，勿令滲漏，亦勿令客水流漸。若大雨水多，亟須開缺放去，放畢復塞，以俟蒔苗。〔註61〕

此可謂十七世紀中國指導日本農耕技術之例證，也可見朱舜水務實的學識與技術，因此「識者服其多能而不伐，該博而精密也。」〔註62〕朱氏於前揭信中期許平賀氏能：

> 惟願足下追蹤古人，先勞無倦，上嘉其功，下歌其德，名垂後世，式布四鄰，則丈夫男子之事已。士惟在有爲耳，不在官職之大小崇卑也。〔註63〕

這段話正表現朱舜水一貫講求做有益於社稷之事，而不圖謀官職的務實精神。

五、安東省庵的儒學思想

　　安東省庵早年從學於京師朱子學派的松永尺五，但受朱舜水影響更大，故其思想可謂自成一系統，開日本海西朱子學先河，有「關西巨儒」之稱。其著作有《初學心法》、《恥齋漫錄》、《幼學類編》、《春秋前編》、《通鑑提綱》、《日本史略》、《啓蒙難解》、《啓蒙圖翼》、《皇極經世私圖》、《三忠傳》、《續古文眞寶》、《新增歷代帝王圖》、《性理提要》等。

　　安東氏自云「比年不讀雜書，所讀惟小學、四書五經、性理大全暨近思錄、讀書錄等」，〔註64〕修習朱子學的安東氏認爲朱舜水來日「即程朱之來」。〔註65〕1659 年，再次赴京都游學的安東省庵得到了明陳建《學蔀通辯》一書，並向朱舜水請教句讀。〔註66〕其書中以朱子學立場批判陸王思想的內容引起省庵之共鳴，故擇要訓點爲 4 卷本，刊行於世。其觀點可於《學蔀通辯跋》窺之：

〔註61〕《朱舜水集》，頁 89。
〔註62〕〈舜水先生行實〉，《朱舜水集》，頁 624。
〔註63〕《朱舜水集》，頁 91。
〔註64〕〈上朱先生〉書二，《省菴先生遺集》卷 6，頁 470。
〔註65〕〈上朱先生〉書五，同前註，頁 471。
〔註66〕朱舜水寄安東守約〈筆語〉9，《朱舜水集補遺》，頁 156。

如陸文頓悟、王氏簡易直截，乃釋文不立文字機軸，似目六經爲附
贅懸疣。且其言曰：六經著我，六經亦史，是作後世廢學俑也。彼
乃陰剿佛說，陽附吾儒。人不覺其自入禪爾。乃朱陸早異晚同之說
與《朱氏晚年定論》出，辭說愈巧，遮掩愈深。此皆根據釋氏，所
以其部爲最甚也。清瀾先生作爲此書，究辨眞似是非，明白痛快，
不遺餘力，重重部障，瓦解冰消。其功豈在朱子下乎。〔註67〕

省庵認爲佛教使學術不明、人心不正，故排拒佛教的朱子，其功不在孟子之
下。而陳清瀾尊朱以攻陸的功績亦不下朱子。故省庵追求朱子之學，排斥佛
教、陸王之學的傾向明顯。

　　安東省庵師事朱舜水後思想漸漸變化，他向朱舜水提出「朱陸同異，不
待辨說明矣。……然尊德性、道問學，陸說亦似親切，奈何？」的問題，朱
舜水答曰：

尊德性、道問學，不足爲病，便不必論其同異。生知、學知、安行、
利行，到究竟總是一般。是朱者非陸，是陸者非朱，所以玄黃水火，
其戰不息。譬如人在長崎往京，或從陸，或從水。從陸者須一步一
步走去，由水程者一得順風，迅速可到。從陸者計程可達，從舟非
得風，累日坐守。只以到京爲期，豈得曰從水非，從陸非乎？然陸
自不能及朱，非在德性問學上異也。〔註68〕

朱氏不斷尊德性、道問學異同的態度，修正了省庵對朱子學的固執，可謂日
後安東省庵朱陸異同觀思想轉變的重要契機。接著省庵又有關於王陽明的提
問：「陽明之學近異端，近世多爲宗主，如何？」朱氏答曰：

王文成亦有病處，然好處極多。講良知，創書院，天下翕然有道學
之名，高視闊步，優孟衣冠，是其病也。……其徒王龍溪有語錄，
與今和尚一般。其書時雜佛書語，所以當時斥爲異端。〔註69〕

經過明末動亂與海外漂零的朱舜水，其思想與學問的指向，已不再拘限於評
價朱陸異同，其於〈答佐野回翁書〉曾云：

來問朱、王之異，不當決於後人之臆斷，寒暖之向背，即當以孔子
斷之。……朱子道問學、格物致知，於聖人未有所戾。王文成即有

〔註67〕《省菴先生遺集》卷4，頁439。
〔註68〕〈答安東守約問三十四條〉，《朱舜水集》，頁396。
〔註69〕同前注，頁397

高才，何得輕詆之？不過沿陸象山之習氣耳！王文成固染於佛氏，其欲排朱子而無可排也，故舉其格物窮理，以爲訾議爾已。愚謂此當爭其本源，不當爭其末流。……王文成爲僕裏人，然燈相炤，鳴雞相聞。其擒宸濠、平峒蠻，功烈誠有可嘉，官大司馬，封新建伯。後厄於張璁、桂萼、方獻夫，牢騷不平之氣，故託之於講學。若不立異，不足以表見於世。故專主良知，不得不與朱子相水火，孰知其反以僞學爲累耶？愚故曰：「文成多此講學一事耳。」〔註70〕

學問要講求實功、實用。唯有能「經邦弘化、康濟艱難」的學術，才具有價值與意義，此應爲朱舜水對安東省庵面對朱陸學態度的影響。

與朱舜水相識 10 年後，1668 年，47 歲的安東省庵著《初學心法》一書，於序中表明其朱子學觀：

蓋人心至靈至妙，主乎方寸之中，足以管天下之理。理雖散在外，而總乎一心。詩云：天生烝民，有物有則。民之秉彝，好是懿德。言有物必有法，是民所秉執之常性也。豈可以心與事判乎內外，遺棄事物，專求諸心乎哉。所以朱子格物之訓，居敬窮理之互相發也。〔註71〕

朱子學本在於以身心體察理，以致聖人爲目標。而要使朱子學由偏重知識趨向實踐之學的重要關鍵，在於重視人心之至靈至妙爲根本，所謂「養根本、立趨向，然後可以適道。」〔註72〕

爲了涵養人心之根本，安東省庵必須面對朱陸異同的問題。安東省庵編《初學心法》的態度在《跋》開頭指出：

或曰：夫道，一而已矣。天下之學，非儒則佛，非朱則陸。今是編也，獨朱子以子稱之，似尊之者。然而開卷，繼朱子以陽明，終篇繼陽明以整庵。整庵乃朱之徒，陽明乃陸之徒也。子依阿兩間，不歸于一，何爲雜也。〔註73〕

就其書中所引用資料，朱陸二家皆有，其問學態度既向朱子學開放，也向陸王學開放。在論及朱陸同異是非時主張：

〔註70〕〈答佐野回翁書〉，同前注，頁 84～85。
〔註71〕《省庵先生遺集》卷 3，頁 421。
〔註72〕同前注，頁 422。
〔註73〕同前注，頁 438。

> 學者當先去客氣、平勝心，至於至公無我之地，而後言朱陸之同異
> 是非。是朱非陸，有近於支離之嫌。是陸非朱，有近於禪寂之嫌。
> 區區蛙見，未知是非如何，顧其末流之弊爾。〔註74〕

文中安東省庵以自問自答的方式，表達自身由以窮理爲先、視說心爲異端的
單狹立場，至以儒學人心道心的根本爲立場的轉變，其於朱陸異同的對應態
度爲：

> 愚今哀朱子說心者，使學者知朱子說心莫弗該備也。曰：然程子所
> 謂聖人本天、釋氏本心，其言非與？曰：不然。是謂其所以本心之
> 非，非非本心。心與天，豈有二乎？《傳習錄》自第二條至以博
> 立爲約禮工夫，皆眞切之言，而如知行合一及致良知亦陽明之宗旨
> 也。子盍取之？曰：雖言切，而意見異者，非臆度所定，其不取也，
> 乃欲歸於一也。世辯陸王者，縱客氣馳勝心，舍其瑾瑜，斥其瑕纇，
> 舍其所同而是，攻其異而非。豈此謂至公無我之論乎？子其審之。
> 〔註75〕

安東省庵在朱陸相互異同的基礎上，超越其間差異，達欲歸於一的目標，此
爲其「至公無我之論」的學問立場。

受朱舜水啓發，安東省庵對於朱陸思想的分歧，視之爲源同流異而已，
其於〈朱陸辨〉云朱陸「其所入不同，而其所至者一也」：

> 其師堯舜、尚仁義、去人欲、存天理，則其心同，其道同。是知其
> 支離禪寂也，特末流之弊爾……是心迹同異，不害於道也……學術
> 同異，不害於道也。苟析聖徵心，則同異之嫌無容於喙矣，學者其
> 平心察之。〔註76〕

1680年，安東氏作五絕〈勉學〉詩10首，其中一首云：

> 六經元平夷，本文須從事。不費朱陸辨，道豈有同異？〔註77〕

對於朱陸異同的見解，安東氏已跳脫狹隘的派別之爭，此一思想之轉變，當
來自朱舜水之啓發。故辨正朱陸異同之爭，可視爲朱舜水對日本朱子學派的
影響。

〔註74〕同前注。
〔註75〕同前注。
〔註76〕同前注，頁401～402。
〔註77〕同前注，頁506。

六、結　語

梁啓超在《中國近三百年學術史》提到：

> 德川二百年日本整個變成儒教的國民，最大的動力實在舜水。後來
> 德川光國著一部大日本史，專標「尊王一統」之義。五十年前德川
> 慶喜歸政，廢藩置縣，成明治維新之大業，光國這部書功勞最多，
> 而光國之學全受自舜水。所以舜水不特是德川朝的恩人，也是日本
> 維新致強最有力的導師。〔註78〕

梁氏此一論贊，或因於梁氏所處之時代特別強調民族意識，或由於時人對日本儒學內部的發展缺少觀察，而流於片面的文化被影響論，忽視了日本文化的主體性。今日如要探究朱舜水對日本的影響，應以雙方儒學思想的層面爲焦點，在既尊重文化主體性又不失之浮誇的態度下，由點而面地考察朱氏思想對日本儒學者的影響。

朱舜水在儒界一片非朱即王的洪流中，不願刻意分門別派，以「朱、王之異，不當決於後人之臆斷，寒暖之向背，即當以孔子斷之。」重新返歸以孔子爲判準之道。朱舜水的啓導，給予安東省庵學問方向的指針，使其擺脫程朱陸王的籠罩，一生不失其好學之心，在開闊的天空下伸展其「至公無我」的思想體系，於京師朱子學派下自成一系統。同門安積覺嘗之云：

> 省菴老成醇儒，不唯九州之地，至於東海之濱亦聞名而欽慕。〔註79〕

安東省庵謙卑敦篤，不慕虛名。其臨終猶告誡子孫，不得作碑誌表揚，〔註80〕於朱氏崇實務本之學，可謂深得其要。故辨正朱陸異同之爭，爲朱舜水對安東省庵之影響，也可視爲朱舜水對日本江戶時期朱子學派儒者思想形成之貢獻。

參考文獻

1. 今井宇三郎等編（1973），《日本思想大系53‧水戶學》，東京：岩波書店。
2. 石田一良等編（1975），《日本思想大系28‧藤原惺窩、林羅山》，東京：岩波書店。
3. 石原道博（1961），《朱舜水》，東京：吉川弘文館。

〔註78〕頁91。
〔註79〕安積覺〈與山崎玄碩書〉，《朱舜水集》附錄三，頁762。
〔註80〕安東守約告男守直遺訓曰：「我無才無德，汝與諸生勿撰年譜、行狀、行實、碑銘、墓銘及文集序等。」《先哲叢談》卷三，收入《朱舜水集》附錄五，頁819。

4. 疋田啓佑（2002），〈安東省菴の生涯と思想・柳川資料集月報 8〉，收入《安東省菴集影印編 I》，柳川：吉川弘文館。

5. 朱謙之（2000），《日本的朱子學》，北京：人民出版社。

6. 李甦平（1993），《朱舜水》，臺北：東大圖書公司。

7. 李永熾教授六秩華誕祝壽論文集編輯委員會編（1999），《東亞近代思想與社會》，臺北：月旦出版社。

8. 呂玉新（2004 年 11 月），〈有關朱舜水研究文獻目錄〉，《漢學研究通訊》，第 23 卷第 4 期，21～37。

9. 町田三郎、潘富恩主編（2003），《朱舜水與日本文化》，北京：人民出版社。

10. 林俊宏（2004），《朱舜水在日本的活動及其貢獻研究》，臺北：秀威資訊科技股有限公司。

11. 阿部吉雄等撰（1974），《朱子學入門》（朱子學大系 1），東京：明德出版社。

12. 阿部吉雄等撰（1975），《日本の朱子學》（朱子學大系 13），東京：明德出版社。

13. 柳川文市史編集委員會（2002），《安東省菴集影印編 I》，柳川：吉川弘文館。

14. 徐興慶編注（1992），《朱舜水集補遺》，臺北：學生書局。

15. 梁啓超（1984），《中國近三百年學術史》，臺北：華正書局。

16. 張寶三、徐興慶編（2004），《德川時代日本儒學史論集》，台北：國立台灣大學出版中心。

17. 鄭樑生（1999），《朱子學之東傳日本與其發展》，臺北：文史哲出版社。

18. 錢穆（1980），《中國學術思想史論叢》8，臺北：東大圖書公司。

附錄四　康有爲戊戌變法時期的日本觀
——以《日本變政考》爲考察中心 [註1]

一、前　言

　　康有爲（1858～1927）原名祖詒，字廣厦，號長素，又號更生，廣東南海（今屬佛山市南海區）人。曾先後 7 次上書，請求變法圖強，1898 年與梁啓超等人發動戊戌變法運動，百日維新失敗後，逃亡國外達 15 年。

　　在康有爲的著作中，介紹日本、學習日本的言論不僅多而且獨到，寫成專著的有《日本變政考》、《日本書目志》。其中《日本變政考》爲其費時十年之作，其於年譜中自述：

　　　　自丙戌年編日本變政化，披羅事蹟，至今十年，至是年所得日本書
　　　　甚多，乃令長女同薇譯之，稿乃具，又撰日本書目志。[註2]

《年譜》中的「日本變政化」應爲《日本變政考》前身，此書始媯於 1886 年，康有爲於序中呼籲「不妨以強敵爲師資」，書中對效法日本、托日改制的急切與眞誠溢於言表。

　　日本是康有爲變法主張的重要參照對象，在康有爲之前，已有不少人注意到明治維新的改革精神，馮桂芬（1809～1874）於《校邠廬抗議》中云：

　　　　前年西夷突入日本國都求通市，許之。未幾，日本亦駕火輪船十數，
　　　　徧歷西洋，報聘各國，爲所要約，諸國知其意，亦許之。日本叢爾

〔註 1〕　本文原刊於《長庚科技學刊》第 7 期，2007 年 12 月。
〔註 2〕　《康南海自編年譜》光緒 22 年，蔣貴麟主編《康南海先生遺著彙刊》22 集，
　　　　頁 37。

國耳，尚知發憤爲雄，獨我大國將納污含垢以終古哉？〔註3〕
指出日本模仿西方的成功經驗，值得中國效法。黃遵憲（1848～1905）在 1887
年以「凡牽涉西法，尤加詳備，期適用也」〔註4〕爲主旨完成《日本國志》，詳
載日本明治維新的內容，並加以評論，一掃當時知識階層對日本的舊有印象。

不論是傳統知識分子或康有爲等維新人士，雖然對日本明治維新的認識
是片面的，但也透過對日本的認知，促成了晚清變法運動的推行。本文擬以
《日本變政考》爲中心，探討康有爲對日本的觀察與學習，乃至對日本的想
像，以考察戊戌變法時期康有爲的日本觀。

二、對日本的關心

對日本明治維新的觀察與學習，在光緒初〔註5〕已爲有識之士所注意。比
康有爲時代較早的王韜（1828～1897），曾於 1879 年赴日訪問三個月，對日
本明治維新成就的推崇，見於其《弢園文錄外編》中：

> 日本海東之一小國耳，一旦勃然有志振興，頓革平昔因循之弊。其
> 國中一切制度，概法乎泰西。仿效取則惟恐其入之不深。數年之間，
> 竟能自造船舶，自製槍炮。練兵訓士，開礦、鑄錢，並其冠裳文字，
> 屋宇之制，無不改而從之。民間如有不願從者亦聽焉。彼以爲此非
> 獨厚於泰西也，師其所長而掩其所短，亦欲求立乎泰西諸大國之間，
> 而與之較長絜短而無所餒也。〔註6〕

王韜以大陸視野觀看立足於海東的日本島國，看出日本崇尚西學、仿效西法
卓然有成，並有與歐洲諸國抗衡之勢，卻也指出日本西化後的危機，認爲日
本維新以來：

〔註3〕 《校邠廬抗議·制洋器議》（近代中國史料叢刊第 612 輯），頁 159。
〔註4〕 《日本國志·凡例》，頁 10。
〔註5〕 康有爲與日本相關的接觸，據載始於光緒元年（1874）：「昔在聖明御極之
時（1874、明治 7 年）琉球被滅之際（1875），臣有鄉人，商於日本，攜示
書目，臣託購求，且讀且駭，其變政之勇猛，而成効之已著也。臣在民間，
募開書局以譯。人皆不信，事不克成。及馬江敗後（1884），臣告長吏，開
局譯日本書，亦不見信。」（《戊戌奏稿·進呈明治變政考序》，蔣貴麟主編
《康南海先生遺著彙刊》12，頁 63。）時年十六歲的康有爲即能表現出民
族學習意識，此事未見其年譜記載，或許是康有爲爲標榜自己具有政治遠
見，而言過其實。
〔註6〕 《弢園文錄外編·變法自強下》，《弢園文新編》，頁 38。

日本自此財用益絀，帑藏益虛，國債積至巨萬，外強中槁，難持久
遠。其取之於民間，前時不過什二，今則幾至於敲骨吸髓，取之盡
錙銖，用之如泥沙。……國中現銀盡輸於外，而所用者紙幣而已。
凡此皆所謂不終歲之計也。而西人方且以其一切遵循乎己，謂之有
志自強，喜而暱之，斂而重之。……彼輕改祖宗之憲章，斲削天地
之菁華，苦生民以媚遠人，竭脂膏以奉外物，其外龐然，而其內囂
然，正所謂疾在膏肓而猶不知自治也。〔註7〕

日本明治政府自 1874 年起推行「殖產興業」政策，實行資本主義經濟發展。
〔註8〕觀察出日本西化後資本原始積累所產生的社會經濟危機之際，王韜並未
能洞悉外強中槁的日本將會以對外擴張來紓解國內危機，對於日本的維新只
斷下「所學西法，亦徒襲其皮毛，未得其精，而已囂然自足矣」〔註9〕的結論。

鄭觀應（1842～1921）於《盛世危言》中屢屢言及日本明治維新的成就，
其論點較實地訪察日本的王韜更具體詳細，例如在君主立憲方面，鄭觀應云：

中國從無立君政治耳。夫立君政治，除俄、土二國外，文明諸國無
不從同。惟君主與民主之國，憲法微有不同。查日本憲法，係本其
國之成法，而參以西法，中國極宜仿行，以期安攘。〔註10〕

對於收回領事裁判權，鄭觀應也主張以日本為鏡：

溯日本初與泰西通商，西人以其刑罰嚴酷，凡有詞訟，仍由駐日西
官質訊科斷。強鄰壓主，與中國同受其欺。乃近年日人深悟其非，
痛革積習，更定刑章，仿行西例，遂改由日官審判，彼此均無枉縱，
而邦交亦由此日親，竟於光緒二十五年收回租界。噫！亞細亞洲以
中國為最大，二十三行省不如日本三島，可恥孰甚！〔註11〕

對於學習、對抗西方，鄭觀應抱著既要向日本學習，又不無因政治現代化落
後於日本而以為恥的矛盾心理。

黃遵憲於 1887 年完成的《日本國志》，記載了日本幕府末年至明治十四
年（1881）為止的史事，黃遵憲就其在日期間（1877～1882），對日本社會、
政治、教育、經濟、軍事等近代化過程的所見所聞，加以考察分析。此書雖

〔註7〕〈西人重日輕華〉，同前注，頁82～83。
〔註8〕參考沈予《日本大陸政策史（1868～1945）》，頁10～12。
〔註9〕〈跋日本岡鹿門文集後〉，《弢園文錄外編·變法自強下》，頁141。
〔註10〕《盛世危言·自強》，頁49～50。
〔註11〕同前注，〈交涉上〉，頁65。

遲至 1896 年始刊行，〔註12〕就《日本國志》與《日本變政考》兩書內容對照
看來，康有為對明治維新的認識應深受黃遵憲影響。〔註13〕

康有為有關日本的言論，在甲午戰爭前可見者，如 1888 年〈與潘文勤書〉：

> 日本雖小，其君睦仁與其太政大臣岩倉具視，自改紀以來，日夜謀
> 我。〔註14〕

同年在〈上清帝第一書〉中，康有為向光緒帝呈道：

> 日本雖小，然其君臣自改紀後，日夜謀我。內治兵餉，外購鐵艦，
> 大小已三十艘，將翦朝鮮而窺我邊。〔註15〕

於 1890 年〈保朝鮮策〉再三強調日本恐有侵華、侵朝擴張國勢之嫌：

> 日地僅十四萬方里，而民數三千餘萬。方里之內，人二百餘，地小
> 不足自養，非闢地無術矣。故南取琉球，北開蝦夷，自此以外，不
> 攻朝鮮，將何闢也。朝鮮近日而弱，故日本必窺朝鮮。〔註16〕

康有為對日本變法的關注、對日本侵華的憂慮，與對日本躍升為國富兵強的
現代國家的感受，在中日甲午一役後得到證實。

1897 年至 1898 年間，英、日軍界人士暗中策動中國聯英、日抗俄。經
過英、美在華人士長期宣傳，劉坤一、張之洞力表贊成，維新分子熱烈鼓吹，
〔註17〕甚至相信日本對中國已化敵為友，楊深秀（1849～1898）說：

> 頃聞日人患俄人鐵路之逼，重念脣齒輔車之依，頗悔割臺相煎之急，
> 大開東方協助之會，願智吾人士，助吾自立，招我遊學，供我經費，
> 以著親好之實，以弭夙昔之嫌。〔註18〕

王榮懋亦說：

〔註12〕 詳見梁啓超〈日本國志後序〉，《日本國志》，頁 1003～1004。
〔註13〕 鄭海麟認為《日本變政考》卷一至卷八有關明治維新制度改革的論述，多採
用《日本國志》中的食貨志、職官志、兵志等。康有為的戊戌變法奏議，也
使用了《日本國志》所載事蹟。參考氏著《黃遵憲與近代中國》，頁 273～275。
彭澤周指出康有為一八九八年上書〈条陳商務摺〉，內容與《日本國志·食貨
志》相同。可見康有為的日本觀深受黃遵憲《日本國志》影響。參考彭澤周
《中國の近代化と明治維新》，頁 62。
〔註14〕 《康有為全集》第一卷，頁 313。
〔註15〕 《七次上書彙編》，蔣貴麟主編《康南海先生遺著彙刊》12，頁 2。
〔註16〕 《康有為全集》第一卷，頁 394。
〔註17〕 參考王樹槐《外人與戊戌變法》，頁 176。
〔註18〕 〈山東道監察御史楊深秀請議遊學日本章程片〉，《清光緒朝中日交涉史料》，
卷 51，頁 34。

爲我計，莫如蠲除宿忿，聯英與日本，以拒俄人，何則？俄、法之
於中國僞友也，雖西報亦明言之。……日本嫉俄已甚，又懼俄之得
志於東方，將無以自立，強隣日逼，亦日本之憂也。……中日犬牙
相錯，地皆亞洲，人皆黃種，是同舟也。同舟而成敵國，鷸蚌相爭，
適爲漁者之利。〔註19〕

洪汝沖認爲：

爲日本者，所親宜無過中國，以我幅員之廣，人民之眾，物產之饒，
誠得與之聯合，借彼新法，資我賢才，交換智識，互相援繫，不難
約束俄人。……中國之自強，惟在日本之相助。〔註20〕

變法革新風氣方興，加上聯日抗俄之說的助長，向日本學習變法之道，成了
維新人士的共識，因此加速了康有爲《日本變政考》一書的完成。

三、從托古改制到托日改制

《日本變政考》一書十二卷，完成於 1898 年，康有爲於是年《年譜》下
自敘：

日本維新，仿效西法，法制甚備，與我相近，最易仿摹，有日本變
政考，及俄大彼得變政記，可以採鑑焉。……上命召見，恭邸謂請
令其條陳所見，若可採取，乃命召見。上乃令條陳所見，並進呈日
本變政考及俄彼得變政記。七日乃奏陳「請誓群臣以定國是，開制
度局以定新制，別開法律局、度支局、學校局、農局、商局、工局、
礦務、鐵路、郵信、會社、海軍、陸軍十二局，以行新法。各省設
民政局，舉行地方自治。」於是晝夜繕寫日本變政考、俄彼得變政
記二書……又編日本會黨考、附日本變政記進呈……上讀日本變政
考而善之……乃晝夜將日本變政考加案語於其上。〔註21〕

今觀全書所載，始於日本明治元年（1868）至明治二十三年（1890）議會開設
爲止，即明治維新所完成之變法政策。範圍遍及政治、法律、財政、教育、宗
教、社會、文化等，形式包括法令、條例、演說原文等。康有爲於日本每一新
政下，斟酌中國實情，借案語發其義，中國變法之曲折條理，皆借此書發之。

〔註19〕〈維持地球和局議〉，《皇朝蓄艾文編》，卷 58，頁 29～31。
〔註20〕〈呈請代奏變法自強當求本原大計條陳三策疏〉，《皇朝蓄艾文編》卷 5，頁 8。
〔註21〕《康南海自編年譜》光緒 24 年，頁 42～54。

康有爲自評此書「兼賅詳盡，網羅宏大」，〔註22〕書中並將日本明治維新的政策措施、典章制度，逐條考證，認爲不少是中國古已有之，例如談及「三權分立」，康有爲案云：

> 泰西之強，其在政體之善也。其言政權有三：其一立法官，其一行法官，其一司法官。……日人變法之始，即知此義，定三權之官，無互用之害，立參與，議立法官，故其政日新月異，而愈能通變宜民，蓋得泰西立政之本故也。書之立政，三宅三俊，詩稱三事，皆三權鼎立之義。〔註23〕

對於主司立法之「議院」（下院），認爲是泰西各國之成法，日本維新之始基，其案語云：

> 昔先王治天下，無不與民共之。傳言文王與國人交，洪範云謀及庶人，虞廷之明目達聰，皆由闢門，周禮之詢謀詢遷皆會大眾，凡此皆民選議院之開端也。〔註24〕

將古代諮詢善道的政治傳統，與西方民選議院等同視之，其政治目的大於考證意圖。概明治皇帝維新之制，於中國亦有所本，中國今日「以強敵爲師資」當不違天意。康有爲將此書名之爲「考」，其意當本於此。

此種將西學附會於中學的思考方法，爲光緒年間一種風潮。鄭觀應於《盛世危言》中云：

> 立國之本，在乎得眾，得眾之要，在乎見情。故夫子謂人情者，聖人之田，言理道所由生也。此其說誰能行之，其惟泰西之議院。〔註25〕

認爲只有西洋的議院才能實現孔子的言論。陳熾（1855～1900）於《庸書》中云：

> 泰西之所長者政，中國之所長者教。道與器別，體與用殊，互相觀摩，互資補救。〔註26〕

康有爲鑒於頑固傳統派的愚昧，一再強調西方之所以富強，主要基於與中國聖賢所立的同一原則，以爲其托古改制張目：

> 政治之學最美者，莫如吾六經也。嘗考泰西所以強者，皆闇合吾經

〔註22〕同前注。
〔註23〕《日本變政考》，蔣貴麟主編《康南海先生遺著彙刊》10，頁20～21。
〔註24〕同前注，頁137。
〔註25〕《盛世危言・議院上》卷一，頁22。
〔註26〕《庸書》外篇卷下〈審機〉（趙貴樹、曾麗雅編《陳熾集》，頁139。

義者也。泰西自強之本，在教民、養民、保民、通民氣、同民樂，
此《春秋》重人，孟子所謂與民同欲、樂民樂、憂民憂、保民而王
也。……中國所以弱者，皆與經義相反者也。〔註27〕

將西學長處附會於中國經書中，結合復古與維新，形成了清末的變法論。〔註28〕

　　康有爲重改制之義，受當時今文學派與廖平的啓示，以實用的眼光，建
立一套符合自己期望的思想系統，經常借經言政，以類同孔子託古改制之法，
作爲推行變法運動的論據，其目的在勸導清廷改制。康有爲認爲在中國政治
轉化的最初階段，俄、日的經驗爲適當的指標，俄國的經驗尤與中國的情況
相似。在〈上清帝第七書〉〔註29〕說：

職竊考之地球，富樂莫如美，而民主之制與中國不同。強盛莫如英、
德，而君民共治之制，仍與中國少異。惟俄國其君權最尊，體制崇
嚴，與中國同。其始爲瑞典削弱，爲泰西擯鄙，亦與中國同。然其
以君權變法，轉弱爲強，化衰爲盛之速者，莫如俄前主大彼得。故
中國變法，莫如法俄，以君權變法，莫如採法彼得。

康有爲的變法並不只以日本爲宗，同樣的問題觀點也見於《日本書目志》自序：

泰西之變法至遲也，故自倍根至今五百年而治藝乃成。日本之步武
泰西至速也，故自維新至今三十年而治藝已成。大地之中，變法而
驟強者，惟俄與日也。俄遠而治效不著，文字不同也。吾今取之至
近之日本，察其變法之條理先後，則吾之治效可三年而成，尤爲捷
疾也。〔註30〕

因明治維新而成功地走入富國強兵國家之林的日本，無疑實現了康有爲由據
亂世、昇平世走向太平世，朝大同世界邁進的政治藍圖，日本的變革之道成
了康有爲變法的教本，託古改制便自然轉向求新求變、求速以達的託日改制。

四、對從上而下改革的認知

　　直至變法失敗爲止，未曾親臨日本土地的康有爲藉由研讀史料建構其日
本觀，其編纂《日本變政考》所參考的相關日本書籍，見載於《日本書目志》：

〔註27〕《日本書目志・政治門國家政治學》，蔣貴麟主編《康南海先生遺著彙刊》11，
　　　　頁181～182。
〔註28〕參考小野川秀美著，林明德、黃福慶合譯《晚清政治思想研究》，頁73～74。
〔註29〕《七次上書彙編》，頁108。
〔註30〕《日本書目志》，頁4。

今考日本之史，若《日本文明史》、《開化起源史》、《大政三遷史》、《明治歷史》、《政史》、《太平記》、《近世史略》、《近世太平記》、《三十年史》，皆變政之迹存焉。吾既別爲《日本改制考》以發明其故，而著其近世史之用，以告吾開新之士焉。〔註31〕

此處的《日本改制考》應爲後來上呈光緒皇帝的《日本變政考》。其所列之參考書中，明治時期以降的有《明治歷史》、《政史》（明治政史），應爲康有爲明治維新知識的來源。〔註32〕

　　康有爲於《日本變政考》跋中指出：

日本變政，備於此矣。其變法之次弟，條理之詳明，皆在此書。……其大端則不外於：大誓群臣以定國是，立制度局以議憲法，超擢草茅以備顧問，紆尊降貴以通下情，多派游學以通新學，改朔易服以易人心數者。〔註33〕

其中「大誓群臣以定國是」、「立制度局以議憲法」、「超擢草茅以備顧問」是康氏特別強調而視爲清廷變法當務之急者，如〈上清帝第六書〉〔註34〕也再三強調：

日本之始也，其守舊攘夷與我同，其幕府封建與我異，其國君守府，變法更難，然而成功甚速者，則以變法之始，趨向之方針定，措置之條理得也。考其維新之初，百度甚多，惟要義三有，一曰大誓群臣以定國是。二曰對策所以徵賢才。三曰開制度局而定憲法。

康有爲對明治維新的掌握，並不是純然的歷史陳述，而是加入了自己的變法理想與政治期望，《日本變政考》卷一載：

明治元年（1868）正月元日，日皇御紫宸殿，率公卿諸侯藩士貢士徵士，祭天神地祇畢，申誓文五條，一曰破除舊習，咸與維新，與天下更始。二曰廣興會議，通達下情，以眾議決事。三曰上下一心，以推行新政。四曰國民一體，無分別失望。五曰採萬國之良法，求天下之公道。〔註35〕

〔註31〕　《日本書目志·圖史門日本史》，頁 151～152。
〔註32〕　黃彰健、彭澤周皆認爲《日本變政考》是根據指原安三編《明治政史》發展完成的。見黃彰健《戊戌變法史研究》，頁 225。彭澤周前揭書。
〔註33〕　《日本變政考》，頁 335。
〔註34〕　《七次上書彙編》，頁 104。
〔註35〕　《日本變政考》，頁 3。

此內容應是根據《明治政史》所載的「五條誓文」而來，黃遵憲《日本國志》卷三也有類似的記載：

> 三月，帝延見英法美蘭各國公使，以二条城爲太政官代裁決庶政。
> 帝親臨會公卿諸侯設五誓。曰萬機決於公論。曰上下一心。曰朝幕
> 一途。曰洗舊習從公道。曰求智識於寰宇誓畢策。〔註36〕

今對照《明治政史》〔註37〕，康有爲對「五條誓文」內容的掌握較詳細，次序也有所更動，將「破除舊習」移至首位，並增加「咸與維新，與天下更始」詞句，可視爲康有爲對日本明治天皇大誓群臣的重視，其於案語云：「日主睦仁即位申誓，爲維新自強大基」，〔註38〕此爲康有爲要求光緒皇帝大誓群臣之所在。從上而下的改革，爲康有爲對光緒皇帝的政治期望，其於《日本變政考》序文云：

> 若信其效可觀，則運造化而生爲心，發雷霆而出於手，是在我皇上
> 一反掌間，而措天下於泰山之安矣。〔註39〕

康有爲期許光緒皇帝能成爲彼得大帝、明治天皇第二，其於光緒二十三年（1897）〈上清帝第五書〉中云：

> 願皇上以俄國大彼得之心爲心法，以日本明治之政爲政法而已。……
> 此二國者，其始遭削弱與我同，其後底盛強與我異。日本地勢近我，
> 政俗同我，成效最速，條理尤詳，取而用之，尤易措手。……非皇
> 上洞悉敵情，無以折衝樽俎。然非皇上採法俄日，亦不能爲天下雄
> 也。〔註40〕

對光緒皇帝於變法中應有的態度與作法，提出心法、政法的參照對象，而其《日本變政考》便是「皇上勞精屬意講之於上，樞譯諸大臣各授一冊講之於下」〔註41〕的範本，光緒皇帝只要權衡在握，施行自易，屆時改革成功，風聲所播，海內愯聳，外人定能改視易聽，不敢爲無厭之求。

　　爲強調變法不違天意，具有正統性，其於〈請告天祖誓群臣以變定國是

〔註36〕《日本國志‧國統志三》，頁119。
〔註37〕《明治政史》第一編，明治文化研究會編《明治文化全集》第二卷正史篇上卷，頁44。
〔註38〕《日本變政考》，頁4。
〔註39〕同前注，頁2。
〔註40〕《七次上書彙編》，頁99～100。
〔註41〕同前注。

折〉云：

> 日本明治之初，決行變法，大集群臣，以五事誓於太廟。蓋變法者
> 必行之途徑階級也。皇上上法滕文公、魏文帝之英明，外採俄彼得、
> 日本明治之政術，乞明詔天下，擇日齋沐，大集群臣，無小無大，
> 誓於天壇太廟，亦如日本以五事上告天祖，採萬國之良規，行憲法
> 之公議，御門誓眾，決定國是，以變法維新爲行政方針，有違此誓，
> 罰茲無赦。〔註42〕

日本明治維新並不只是表面上的由上而下的帶動，日本自1866年爲瓦解封建
制度、統一民族所興的倒幕運動，其成功推翻幕府體制，是使明治皇帝能順
利推動維新運動的重要原因。〔註43〕康有爲前五次上書光緒皇帝，對日本明
治維新成果屢屢推崇，尤其是明治天皇於變法之功，認爲主要於在上者持之
以定力，《日本變政考》云：

> 新政初行，必爲守舊者所不利，必出死力以阻撓之。苟主見不定，
> 一爲所惑，則半塗而廢，前功盡棄，必在上者持之以定力，然後有
> 成。日本所以能自強者，皆由日皇能采維新諸臣之言，排守舊諸臣
> 之議故也。〔註44〕

面對維新派與守舊派的角力，在清廷與明治政府不同的政治場域中，由於彼
此政治條件、社會風氣與對外關係等皆不同，便不能期望結果相同，而這些
差異在《日本變政考》中卻不見康有爲有所議論，或者康有爲即便明白其異
同，也因變法在即避而不談，畢竟康有爲覺得光緒皇帝可以有所爲。〔註45〕

康有爲強調中國若不變則亡，變是天道，「《易》言通變，專在宜民，無泥
守之理。」〔註46〕「《春秋》發三世之義……以待世變之窮而採用之。」〔註47〕
唯變法要從全局著眼，他譏諷自強運動只是變器、變事、變政，都不是變法，
認爲變法必有總綱、次第，變政全在典章憲法，而一切只需參照日本：

> 我中國今欲大改法度，日本與我同文同俗，可採而用之。去其已經

〔註42〕《戊戌奏稿》，頁7。
〔註43〕參考沈予《日本大陸政策史（1868～1945）》，頁5～7。
〔註44〕《日本變政考》，頁62。
〔註45〕康有爲曾建議光緒皇帝：「就皇上現在之權，行可變之事，雖不能盡變，而扼
　　　要以圖，亦足以救中國矣。」，見《康南海自編年譜》，頁19。
〔註46〕同前注，頁19。
〔註47〕《日本書目志·序》，頁1。

之弊，而得其最便之途。以日本爲響導不誤，而後從之，其途至捷
而無流弊。臣已盡採日本一切法制章程，待舉而斟酌施行耳。〔註48〕

這種依樣葫蘆的現代化模式，可說是受同文同種之便所產生的迷思，處在內
憂外患交逼下的清廷，感受到改革的迫切性，而在借鏡日本之際，仍未能排
除大國心態，缺乏對問題深化了解的態度，甚至視日本維新成果爲短線操作
的秘笈。

五、仿日本成法的政治理想

　　中日甲午之役的結果，康有爲認爲是日本的君主立憲制打敗了中國的君
主專制制，解救之道在於改專制政府爲民主政府。但改革的過程必須是漸進
的，在實施全民共和之前，必須經過君主立憲的過渡時期。康氏於《日本變
政考》中特重「立對策所徵賢才」、「開制度局定憲法」之制。明治元年（1868）
六月下載：

> 置貢士對策所，以蜀亭邸充之。每月以五之日爲對策日，乃立策問
> 條件：曰租稅章程，曰郵遞章程，曰造貨幣，曰定權量，曰與外國
> 立新約，曰內外通商章程，曰拓疆，曰宣戰講和，曰水陸捕拿，曰
> 招兵聚糧，曰定兵賦，曰築城砦武庫於藩地，曰彼藩與此藩爭訟。
> 〔註49〕

康有爲案語云：

> 日本維新之始，乃能令諸藩各貢人士，特立對策所以待之，十日一
> 問，且定所聞之大政，令諸貢士得考求以備論議。其能通下情，盡
> 人言如此。〔註50〕

廣求賢才以對策論，可視爲民主主義雛型。其次爲政治型態之考量，明治二
年（1869）五月十九日康有爲案語載：

> 日本所以能驟強之故，或以爲由於練兵也，由於開礦也，由於講商
> 務也，由於興工藝也，由於廣學校也，由於聯外交也，固也，然皆
> 非其本也。其本維何？曰：開制度局，重修會典，大改律例而已。
> 蓋執舊例以行新政，任舊人以行新法，此必不可得當者也。故惟此

〔註48〕《日本變政考》，頁234～235。
〔註49〕《日本變政考》，頁38。
〔註50〕同前注，頁39。

一事爲存亡強弱第一關鍵矣。〔註51〕

變法要有整體規劃，通盤考量，故要設立制度局，直屬中央（皇帝），「制度局撰敍儀制官職諸規則，專立此局，更新乃有頭腦，尤爲政下手之法。」〔註52〕故康有爲有設立十二制度局之建議。

關於官制的改變，康有爲認爲是日本變法有成之本，尤其是分議政、行政二官：

> 蓋行政官者，猶人之有肢體也。議政官者，猶人之有心思也……有行政而無議政，不能成國。今中國自總署各部，皆行政之官，而有事輒下之使議，是以手足而代心思之任，必不能當矣。故今日最急之務，當仿日本成法，設集議院以備顧問，然後一切新政，皆有主腦矣。〔註53〕

集議院即倣泰西各國行政之根本，康有爲指之爲日本眞善於學西法者，在《日本變政考》中，從公議所、集議院，到上下議局、左院、議院等關於議會之演變，相關章程、規則等，一一從《明治政史》中譯錄刊載出，反映了日本明治前期推動國會成立的過程。

談立憲、談三權分立、談民權，必先開國會，但「民智不開，遽用民權，則舉國聾瞽，守舊愈甚，取亂之道也。故立國必以議院爲本，議院又必以學校爲本」、「學校與議會，相聯絡、相終始者也」。〔註54〕康有爲認爲中國民智仍待教育之開啓，學校已成，智識已開間，方可興議會。以「日本亦至二十餘年，始開議院。吾今於開國會，尚非其時也。」〔註55〕爲鑑，故中國尚未具開國會之條件。

康有爲托日改制在於定憲法，《日本變政考》中論及憲法制定者，如明治九年（1876）九月案語：

> 購船置械，可謂之變器，不可謂之變事。設郵便，開礦務，可謂之變事矣，未可謂之變政。改官制，變選舉，可謂之變政矣，未可謂之變法。日本改定國憲，變法之全體也。〔註56〕

〔註51〕同前注，頁66。
〔註52〕同前注，頁8。
〔註53〕同前注，頁61。
〔註54〕同前注，頁306、頁196。
〔註55〕同前注，頁131。
〔註56〕同前注，頁187。

定憲法才是眞正變法，明治十七年（1884）三月載：

> 宮中置制度取調局，伊藤博文爲長官，以其游歐州回，命其參酌制
>
> 度憲章也。〔註57〕

康有爲案云：

> 變政全在典章憲法……日本選伊藤爲之，至今典章皆其所定。我中
>
> 國今欲大改法度，日本與我同文同俗，可採而用之。

所謂可採而用的部分，康有爲並沒有具體說明。日本於明治二十二年（1889）二月十一日發布憲法，其內容從第一章「天皇」起，共分十四章節，詳載於《明治政史》第二十二編中。〔註58〕康有爲於《日本變政考》書中，對於日本法制章程，大多依據《明治政史》不厭其繁譯爲中文，唯對於日本憲法省略不譯。十五日樞密院議長伊藤博文演說日本憲法之義，主張主權歸一，由天皇總攬，仍不移屬於人民。政府爲天皇之政府，宰相由天皇任免。假令開議會，議會爲公議輿論之府，主權仍存於君主。〔註59〕伊藤主張司法立法行政三者猶人之四肢百骸，「其經絡之總源皆主於腦，君即腦也。」康有爲則增衍其說爲「議院猶心也，腦有所欲爲必經心」，「則民有議權之無減君之權」，「主權在天皇，立法屬議院，行政屬內閣。政府議院不得權過政府，但政府不得奪議院之權」。〔註60〕康有爲心中或並不認同日本憲法，指出君主專制之弊，強調民權以輔君權，此爲爲康有爲托日改制外，參酌中國國情的政治理想。

　　《日本變政考》是康有爲搜集日本明治維新相關書籍，附著其政治意識加工而成的。其案語可謂爲其維新變革理念的強烈表現，故與其將《日本變政考》識爲記載明治維新的史書，不如說是康有爲懷抱強烈政治意義與目的所完成的政書。由變法期間光緒皇帝勅諭多與康有爲《日本變政考》案語或上書建言有關，〔註61〕可以看出此書對戊戌變法運動所產生的影響。

六、結　語

　　甲午戰爭一役，堂堂天朝爲蕞爾小國擊敗，一般知識分子領悟到中國與

〔註57〕同前注，頁235。

〔註58〕《明治政史》第二十二編，頁11～29。

〔註59〕同前注，頁37～42，參考黃彰健前揭書，頁217～219。

〔註60〕《日本變政考》，頁292～293。

〔註61〕參考彭澤周〈按語と上書・奏摺・勅諭との關連〉，收入《中國の近代化と明治維新》，頁131～146。

日本同樣模仿西洋，而結果卻不同。康有為以一無權無勢的知識分子，擁戴一個無實權的光緒皇帝，期許能如明治天皇與伊藤博文般之君臣相得，在清朝政府傳統舊體制下進行改革。

康有為的日本觀受其治用思想影響，變法主張完全以日本明治維新為教本，他看到了日本與中國的共同點，卻無視於兩國政治情勢不同、歷史條件相異。例如，他忽略了日本由倒幕運動到明治維新政府產生的過程因素。由於《日本變政考》一書旨在進呈光緒皇帝，以作為中國變法之參考，為維繫君民一體，上下一心的關係，書中對日本人民的政治活動未多著墨。日本的改革派是利用人民的力量，經過戊辰戰爭推翻了幕府統治，掌握了統治權，故改革得以順利進行。康有為則認為日本維新成功完全取決於明治天皇施行新政，在清廷守舊勢力的抗拒下，康為為認為効法日本實行由上而下的改革模式，方能完成君主立憲的現代國家進程。

為了將西洋制度引進中國，康有為對於傳統思想，採取破壞與依存並繼的託古改制態度，而其對明治維新的理解，則局限在制度面的改革，卻未能掌握日本從鎖國到接受西方思想的進程，以及以西學為根據的立憲精神。認為「我朝變法，但採鑑於日本，一切已足」。〔註62〕亦無視於明治政府確立國體意識型態的一連串措施，對作為明治體制統治原理的國家神道，康有為評之為：「儒佛未東渡之前，為東夷舊俗無足觀焉」。〔註63〕未能掌握明治維新過程中神道思想所發揮的教化、統合功能。〔註64〕故戊戌變法與其說是受明治維新的影響，不如說是以明治維新經驗為藍本所實行的政治改革。

明治維新變革的最大成果，在於確立憲政與建構產業資本，這類論說對中國產生相當大的影響。百日維新期間，光緒皇帝陸續頒布有關變革的勅諭，許多顯然採納了康有為的建言，尤其以人才的起用、工商業、農業、教育的振興等最為顯著。然而在政治方面，除了人才培養一項之外，國會的開設、制度局的設置，及憲法的制定等最重要的項目，卻無一項被納入考量，未能完成康有為政治改革的根本要求。在保守勢力的反對，以及帝國主義列強的環伺下，一棵外來的維新樹種，不到百日，便在中國政治泥壤中凋謝了。

〔註62〕 《日本變政考》，頁 335。
〔註63〕 《日本書目志》宗教門，頁 93。
〔註64〕 村田雄二郎〈康有為と「東学」——《日本書目志》をめぐって〉，《外国語科研究紀要》40 卷 5 期（東京大學，1992 年），頁 28。

參考文獻

1. 于寶軒編（1965），皇朝蓄艾文編，台北：學生書局。

2. 小野川秀美著、林明德、黃福慶合譯（1982），《晚清政治思想研究》，台北：時報文化出版事業有限公司。

3. 王樹槐（1980），《外人與戊戌變法》，台北：中央研究院近代史研究所。

4. 王韜（1998），《弢園文新編》，北京：三聯書店。

5. 中央研究院近代史研究所編（1963），《清光緒朝中日交涉史料》，台北：文海出版社。

6. 沈予（2005），日本大陸政策史（1868～1945）》，北京：社會科學文獻出版社。

7. 姜義華、吳根樑編校（1987），《康有爲全集》，上海：古籍出版社。

8. 馮桂芬（1971），《校邠廬抗議（近代中國史料叢刊第 612 輯）》，台北：文海出版社。

9. 湯志鈞編（1981），《康有爲政論集》，北京：中華書局。

10. 黃彰健（1970），《戊戌變法史研究》，台北：中央研究院歷史語言研究所。

11. 黃彰健（1974），《康有爲戊戌眞奏議》，台北：中央研究院歷史語言研究所。

12. 黃遵憲（1968），《日本國志》，台北：文海出版社。

13. 趙樹貴、曾麗雅編（1997），《陳熾集》，北京：中華書局。

14. 鄭海麟（1988），《黃遵憲與近代中國》，北京：三聯書店。

15. 鄭觀應著、辛俊玲評注（2002），《盛世危言》，北京：華夏出版社。

16. 蔣貴麟主編（1987），《日本變政考》（康南海先生遺著彙刊 10），台北：宏業書局。

17. 蔣貴麟主編（1987），《日本書目志》（康南海先生遺著彙刊 11），台北：宏業書局。

18. 蔣貴麟主編（1987），《七次上書彙編、戊戌奏稿》（康南海先生遺著彙刊 12），台北：宏業書局。

19. 蔣貴麟主編（1987），《康南海自編年譜》（康南海先生遺著彙刊 22）·台北：宏業書局。

20. 蕭公權著、汪榮祖譯（1988），《康有爲思想研究》，台北：聯經出版事業。

21. 許介鱗（1974），《日本と中国における初期立憲思想の比較研究》，東京：國家學會事務所。

22. 村田雄二郎（1992），《康有爲と「東学」──《日本書目志》をめぐって》，外国語科研究紀要，40 卷 5 期，1～43。

23. 彭澤周（1976），《中國の近代化と明治維新》，京都：同朋舍。

24. 明治文化研究會編（1992），《明治文化全集》，政史篇二、三卷・東京：
    日本評論社。